L'ORME AUX LOUPS

© Centre France Livres 2017, pour la présente édition.

De Borée

45, rue du Clos-Four – 63056 Clermont-Ferrand Cedex 2

THIERRY BERLANDA

L'ORME AUX LOUPS

De Borée

Polar

1

Sancerre, haut Berry, hiver 1584

FONDARI AVAIT FRANCHI à pied plus de cent lieues à travers forêts et montagnes, marais et lacs gelés. Or, ce qui paraissait le plus étrange aux gens de rencontre n'était pas qu'il fût demeuré en vie malgré l'adversité du ciel, mais les grognements inouïs provenant de sa charrette, une banne entièrement aveuglée, tirée par un cheval à bout de forces. Jeunes ou vieux qui croisaient ce sombre cortège, et femmes autant qu'hommes, en étaient tant effrayés qu'en quelque contrée où il parvenait Fondari était précédé par sa propre légende, celle d'un voyageur mystérieux, noir de cape et de chapeau, et de son croque-mitaine. Il n'en alla pas différemment en ce soir de décembre, tandis que, sans le savoir, il approchait de Sancerre.

Alors que la neige avalait ses pas et que le vent cisaillait son visage, Fondari avançait dans ses hardes trempées sans montrer le premier signe de renoncement. Cependant, les présages s'assombrissaient encore : les roues de sa charrette enfonçaient à chaque tour, le maquis semblait devenir plus dense, et sa rosse ne pouvait plus qu'à peine étirer le cou pour arracher un rameau aux buissons de genévriers. S'il ne trouvait pas à faire halte avant peu, le sentier escarpé où il bataillait pied à pied contre les éléments ne le mènerait qu'à sa mort.

Or, au bout de quelques toises, le sort parut enfin s'adoucir. Les haies de broussailles s'évasèrent et le chemin qu'elles bordaient jusque-là s'évanouit dans un essart.

— Un bois de taille ! Le village n'est pas loin ! murmura-t-il en même temps que l'espoir lui revenait au cœur. Mais de quel côté est-il ? Je n'y vois rien d'ici.

Oubliant froid et douleur, il se mit à courir aux quatre coins de la fougeraie, mais d'aucun point sa vue ne portait assez loin. Il revint à son tombereau, s'appuya sur une frette puis se hissa sur le toit pour tenter de déchiffrer un signe de vie au-delà des brumes et ombres coalisées contre lui. Une colline couronnée de remparts lui apparut alors au-dessus des arbres. Suffoqué de joie, il redescendit en un bond de son perchoir et, redevenu aussi neuf qu'au printemps giroselles, arnicas et lupins dans les vallées de son pays, reprit son souffle en remerciant Dieu, le front appuyé sur l'encolure de son cheval.

— Tu vas pouvoir te reposer, toi aussi, Caballo.

Puis il se tourna vers l'animal dans la charrette :

— Et toi, mon ami, tu mangeras à ta faim.

Il s'était adressé à lui avec une grande douceur, qui n'eut pour écho qu'une suite de grondements écumeux.

Le voyageur et son équipage pénétrèrent dans le bourg à l'heure des premiers flambeaux. Quelques habitants formaient encore de petites grappes à l'angle des ruelles ou sur les places, les visages allumés par le reflet des torches au fronteau des échoppes. Leurs bavardages diminuèrent au passage du chariot, au point que l'on n'entendit bientôt plus dans la ville que le crissement des roues de bois cerclées de fer sur le pavé, à peine amorti par la neige. Chacun s'écartait des nouveaux venus avec méfiance. Des femmes se détournaient pour échapper à l'odeur de la bête ou à son œil assurément maléfique, d'autres fustigeaient leurs enfants trop curieux d'apercevoir le monstre écrasant sa truffe sur les interstices du haquet, d'autres encore bâclaient un signe de croix en se repliant dans leurs bauges.

Habitué aux rudesses des gens de rencontre, Fondari ne s'en étonna pas. Il poursuivait calmement son chemin sans relever le nez, le visage dissimulé sous un chapeau à plate calotte et larges bords. Cependant, les sens aiguisés par des années de course en pays farouches, il devinait jusqu'au plus petit mouvement d'inquiétude autour de lui : ici, la main ossue du cerclier agrippant un maillet ; là, celle du charron empoignant sa doloire ; plus loin, avec une vigueur qu'aucune besogne n'exigeait, celle du bourrelier saisissant un tranchet.

Fondari fixa son convoi à l'anneau d'un pignon aveugle, à l'écart, afin de ne pas apeurer la dizaine de chevaux alignés contre le mur de l'auberge où il avait projeté de souper. Comme il en approchait, une rumeur joyeuse l'enveloppa, mais dès qu'il eut franchi le seuil, loin d'enfler, elle se dissipa. Les bateliers et les charbonniers qui se réchauffaient en lapant un brouet au pain noir, les maquignons ripaillant au retour de la foire de Sancoins, le barbier chirurgien qui avait la réputation d'exceller dans son premier métier mais pas dans le second, et jusqu'au rimailleur tirant des vers sans charme de son gosier rincé à la piquette, tous firent silence.

Embusquée derrière le fourneau au centre de la salle, une assez grosse femme aux cheveux plus désordonnés que la brosse de son balai leva le nez vers l'étranger :

– Qu'est-ce que c'est ?

Les fumées grasses qui montaient autour d'elle cachaient la gargotière à Fondari. Il plissa les yeux sous sa main en visière pour tenter de distinguer son hôtesse.

— Je voudrais manger, répondit-il.

— Ah ben !

La femme parut se gausser de l'accent pittoresque du voyageur en haussant les épaules, puis en expulsant un soupir du bout des lèvres.

— La faim est un mal qu'on soigne fort bien ici, mais l'même remède n'convient pas à tout le monde.

Elle sortit de sa forge et traversa entre les tables des briffauds statufiés.

— Et pis quoi ?

— Dormir deux ou trois nuits. De la paille pour...

La revêche se récria en dévisageant l'inconnu.

— Eh là, eh là ! En v'là, tout un poème ! Ici, on n'a rien gratis. Il aura-t-y d'quoi payer ?

Fondari prouva que oui en détachant une bourse cousue à l'intérieur de son habit, mais le visage de la femme ne s'adoucit pas pour autant.

— D'où qui nous en vient ?

— Des montagnes de Savoie.

— Pardi ! Et où qu'c'est-y que c't'enfer-là ?

— J'ai faim, implora-t-il. Je vous dirai tout ce que vous voulez après avoir mangé.

— Tout c'que j'veux !

Considérant l'étranger de la tête aux pieds, la femme parut interloquée, puis elle éclata de rire, entraînant les autres à rire avec elle.

– Mais c'est que j'veux rien du tout, moi. Mange, dors et paie. Et ce s'ra ben tout !

Elle retourna à ses chaudrons, contente de son effet, et aussi que l'assemblée ait retrouvé son entrain ordinaire.

Fondari s'assit seul, près de la porte, à une table délaissée par les habitués à cause du vent froid qui fusait entre les planches mal jointes de la paroi. Or, pour celui qui avait résisté aux mâchoires de glace de forêts sans fin, le vent des auberges n'était qu'un fanfaron inoffensif. Quant à la pitance qu'on lui servit, un pichet de vin aigre et un bol d'une soupe trop claire où sombraient des morceaux de pain durs, elle lui parut un festin.

À la fin de son repas, il étendit les jambes, yeux mi-clos, bercé par le bourdonnement de la salle devenue indifférente à lui, mais il ne put se laisser gagner par le sommeil car il sentait dans son dos comme les deux crochets d'un reptile, suspicion et fruste attirance, jaillis ensemble du regard de la virago.

Il se retourna vivement vers elle afin d'interrompre les prémices de son sortilège.

– Où puis-je abriter mes bêtes pour la nuit ?

Décontenancée par la volte-face de son hôte, elle lui répondit sans y réfléchir, mais distinctement malgré le chahut ambiant.

– À main gauche en sortant.

Pleine d'amertume, elle décrocha une clef de la lambourde où pendaient aussi deux casseroles, et la lui lança.

– Tu ouvriras avec ça.

Fondari rassembla son courage pour se lever, les paupières déjà lourdes. Les conversations cessèrent comme à son arrivée lorsque sa haute silhouette traversa de nouveau la taverne, tel un spectre parmi une assemblée figée par un enchantement. Ce silence ne lui déplut pas. Il le goûtait plutôt, présage d'un bon sommeil dont il se réjouissait déjà. Mais alors qu'il s'apprêtait à sortir, à la seconde même où il en soulevait la clenche, la porte s'ouvrit brusquement et tous les démons de l'hiver se jetèrent aussitôt sur lui. De la jeune femme qui surgit avec eux dans l'encadrement de bois branlant, on ne pouvait rien dire au premier abord sinon qu'elle semblait épouvantée. Elle pénétra vivement dans l'auberge, bouscula l'étranger au passage sans paraître le remarquer et se planta entre les tables, les yeux sur le point de se jeter hors de leurs orbites comme deux désespérés près de se défenestrer. Entre les silences causés par l'afflux de mots dans sa bouche, et qui se gênaient pour en sortir, deux seulement surgissaient par intermittence :

– C'est ma gamine ! Ma gamine ! Ma gamine !

L'aubergiste la héla depuis son fourneau.

– Et quoi donc qu'elle a, c'te gamine ?

La femme s'avança en titubant et se tordant les mains.

– Des loups ! Des loups l'ont prise ! Ah, quelle misère ! C'en étaient ! C'en étaient !

Autour, les pécores à la trogne violette tressaillirent. Le souvenir des ravages causés par les loups l'hiver dernier jusqu'aux abords des maisons était encore vif.

– Sortis de l'enfer ! Ils ont emmené ma p'tite ! Oh, ma p'tite dans les flammes !

Elle suffoquait de terreur et, reculant vers la porte comme si elle ne voyait plus que loups affamés autour d'elle, elle trébucha contre Fondari.

Cette fois-ci, il avait eu le temps de prévoir le choc. Il saisit la femme aux épaules pour la retenir de tomber.

– Calmez-vous, je vous en prie.

Elle se rebella en agitant les bras.

– Me calmer ? J'aurai plus jamais d'calme ni d'joie ! Ma gamine ! Ma gamine !

La salle était envahie par un sentiment de gêne, et aussi par une sorte de crainte sacrée. « Le mal s'est abattu sur elle, pensaient confusément les mangeurs. Comme il a eu sa part, il nous laissera tranquilles. » Mais pour que la partie reste égale, il fallait surtout ne pas lui contester son tribut : l'enfant était perdue, sans doute déjà croquée, il n'y avait plus rien à y redire. Sa mère qui braillait ne suscitait donc aucune pitié, mais une désapprobation générale.

Fondari, lui, avait souvent croisé de pires bêtes sauvages qu'une femme bouleversée ; il n'éprouvait donc en sa présence ni répugnance ni embarras.

— Je vais vous la retrouver, votre petite.

Sa voix bien timbrée enveloppa aussitôt la désespérée dans une sorte de rêve où sa colère tomba.

— La r'trouver ?

Il chercha à saisir son regard. Lorsqu'elle comprit ce qu'il voulait, d'abord elle rechigna, comme si elle avait dû se montrer nue en plein carillon. Mais comme il ne renonçait pas à attendre qu'elle lève les yeux sur lui, elle finit par y consentir. Depuis quand quelqu'un l'avait-il regardée dans le fond de l'âme ? L'avait-on jamais fait ?

— Mais pour la r'trouver, faudrait aller au-delà du monde !

Il lui sourit.

— Allons déjà à l'endroit où votre enfant a disparu.

La bienveillante fermeté de Fondari lui entrouvrit le cœur. Un peu apaisée, elle l'écoutait sans méfiance malgré le rugueux accent qui bosselait ses mots. Il lui parlait comme aux animaux pour les apprivoiser, et bientôt la paysanne le fut à peu près.

— Je veux bien.

— Je connais les loups. Nombreux ceux qui rôdent mais moins ceux qui tuent, et je n'en connais pas qui emportent leur proie. Allons, votre fille est peut-être encore bien en vie, à vous appeler. Et si elle ne l'est plus, je jure que les fauves ne pourront pas se repaître d'elle. Venez, ne tardons pas !

Elle protesta faiblement.

— Mais c'est que je les ai vus, les loups.

— Pas tant que moi.

Fondari lui sourit de nouveau, avec bonté, puis l'entraîna à l'extérieur.

Le brouillard s'était répandu sur la ville haute et y étouffait chaque chose. Si l'on étendait le bras, on ne voyait plus sa propre main.

— Vous pouvez me conduire ?

La femme hocha la tête en reniflant et, sa contenance presque retrouvée, rajusta son bliaud sur sa chemise et prit bravement la tête de l'équipée, laissant toute l'auberge à sa stupeur. À la voir s'éloigner dans la brume à reculons en faisant des petits sauts pour ordonner son pas à la longue foulée de l'étranger, on jugea qu'elle avait viré folle.

Quelques pas plus loin, ils aperçurent des lueurs qui se rapprochaient d'eux, entendirent l'instant suivant des bottes piler la neige, puis distinguèrent, accompagnés de cinq à six villageois, une petite troupe de gens d'armes qui montaient vers eux, détournés de leur ronde dans les rues basses par les nouvelles venues du piton.

Un brigadier hurla en brandissant une lanterne sous les visages de ses guides :

— C'est lui ?

Ils confirmèrent que oui en branlant unanimement du chef.

Fondari s'immobilisa.

— Qu'est-ce qu'on me veut ?

— Tu vas le savoir. Suis-moi !

— C'est que j'étais en train d'aider cette mère...

Le brigadier grogna en tirant à lui la femme qui s'était dissimulée derrière l'étranger.

— Pas de reculade, canaille ! Personne n'a besoin d'un vagabond qui aura passé en enfer avant demain soir ! C'est ton équipage, là ?

Fondari fit un effort pour discerner dans le brouillard l'endroit que le braillard désignait.

— Mon Dieu ! s'exclama-t-il alors.

Il se défit de ceux qui l'empoignaient et avança de quelques pas dans la direction où il avait attaché sa charrette une heure plus tôt.

Son cheval, les yeux agrandis par la peur, secouait les lambeaux de son harnais et du tombereau éventré, dont la litière était éparpillée dans la neige.

Fondari parut épouvanté.

— Il s'est échappé !

— Toi, tu ne t'échapperas pas, asséna le brigadier en pressant les autres à la manœuvre.

Agrippé par dix mains, Fondari ne tenta pas de résister. Sous les yeux incrédules de sa protégée, que tout espoir avait de nouveau quittée, il se laissa mener à travers les ruelles, les poignets menottés.

Moins de deux arpents plus loin, le peloton fit halte devant une maison plus haute et mieux éclairée que les autres. Le brigadier joua du heurtoir à tête de lion contre la porte à deux vantaux. Le bruit des coups se propagea à l'intérieur, jusqu'à l'oreille obtuse d'un domestique endormi, et n'y entra pas. Après le deuxième essai, les gardes et leur prisonnier, mortifiés par le gel, virent les lueurs d'une girandole danser dans l'imposte ajourée, au-dessus du linteau de l'entrée.

Le guichet s'ouvrit. Une tête flétrie y apparut comme en un médaillon, pareille aux autres mascarons ornant les pieds-droits : gorgones, silènes ou tritons.

— Ouvre, beugla le brigadier.

Le porte-clés s'exécuta. Aussitôt, les gens d'armes poussèrent vigoureusement leur prisonnier dans le vestibule.

2

Fondari n'était pas disposé à y prêter attention, mais la vaste salle dans laquelle, lorgné de
près par le brigadier, il attendait debout et entravé
depuis une heure aurait paru étrange à tout homme
de l'art : surmontée de plafonds élevés, les murs
en étaient parés de profils et cartels ; les guéridons
marquetés et les sellettes à pied torsadé y pous-
saient comme des champignons ; des tapisseries à
motifs païens, radieux ou élégiaques, y étaient ten-
dues, mais en revanche on n'y remarquait aucun
meuble important, ni armoire, ni cassone, ni cabi-
net sculpté. Il semblait que le maître du logis aimait
le luxe et ne manquait pas de goût, d'où cette pro-
fusion de belles petites choses, mais qu'il craignait
la visite inopinée d'un plus grand maître, austère et
rustique, et que cette menace expliquait l'absence

chez lui de lourdes pièces, impossibles à déména-
ger de manière rapide et discrète.

Cependant que les hommes du guet dodinaient en
bâillant et ruisselaient de neige fondue sur la dalle
aux tapis veloutés, Fondari était assailli de pensées amères : le visage terrifié des malheureux que
la bête fugitive rencontrerait en chemin, ou celui
de la jeune mère qu'il avait malgré lui abandonnée
à son malheur. Il était ainsi fait que, bien qu'affligé
par sa mésaventure, il était moins inquiet pour lui-
même que pour des inconnus. Était-ce pure charité
ou pleine confiance en soi ? La suite montrera peut-
être que les deux vont parfois ensemble.

Qui attendait-on ? Un personnage sans doute
important, qui ne considérait pas que le temps des
autres valait le sien et qui eût sans remords laissé
poireauter toute la nuit dix coquins et un malheureux enchaîné plutôt que renoncer aux douceurs de
sa couche. Des valets réveillés en sursaut et fagotés
à la hâte avaient ravivé les candélabres et la cheminée, et tentaient depuis d'observer un semblant de
maintien, appuyés contre les pilastres. Quatre gros
chiens ayant cru deviner l'aubaine d'un repas sup-
plémentaire dans tout cet affairement passaient
nerveusement d'un homme du guet à l'autre en
quémandant un improbable morceau. Le brigadier
surveillait en trépignant le couloir par où le digni-
taire devait arriver mais, décidément insoucieux de
l'agitation dans sa maison, ce dernier ne consentait

pas encore à se montrer. Fondari, lui, demeurait immobile malgré la pénible attente et se serait volontiers laissé aller à s'endormir, tout debout comme il était et comme la bonne chaleur du feu l'y invitait.

Au bout d'un temps qu'il crut avoir concédé malgré lui au sommeil, il entendit qu'on annonçait enfin le maître des lieux. Parut alors un gros homme aux cheveux rares mais en bataille, et dont les joues, ainsi que les fesses et le ventre qu'on devinait sous l'habit de nuit, flottaient comme dissociés du reste du corps.

Avisant distraitement l'inconnu, il eut un grognement.

— Qui est ce malandrin ?

L'intéressé répondit lui-même.

Le brigadier, celui qui avait parlé si fort quelques minutes plus tôt, s'avança gauchement, affectant une onctuosité imitée du beau monde, tandis que deux de ses hommes obligeaient Fondari à refluer vers le fond de la salle.

— Monsieur le bailli, si nous avons eu la tristesse de devoir perturber votre sommeil…

— Foin de cela, monsieur le soldat ! Perturbé je suis et perturbé je reste. Vous me direz plutôt, et sans détour, ce qui me vaut cette alarme.

Le bailli promenait sur choses et gens un regard alangui, mais personne dans le comté n'était plus dupe depuis longtemps de ce simulacre d'indifférence.

— Une terrible affaire, monsieur. Une bête sème le malheur dans la ville.

Le bailli répliqua sans montrer le moindre émoi :

— Une bête ? Vous n'avez jamais vu de loup, pour ouvrir ces yeux épouvantés ! Eh bien, qu'on forme une escouade de chasseurs ! Qu'on estourbisse ces fâcheux et qu'on m'apporte leurs dépouilles ! J'aime parer de fourrures les pièces si austères de cette demeure.

Il avait parlé avec dédain, en désignant d'une main lasse les murs et chapiteaux de la vaste salle, mais l'instant suivant, propulsé par une soudaine colère hors de sa chaise, bien trop haute pour lui et dans laquelle il se hissait toujours avec difficulté, le bailli, bien réveillé désormais, adressa un regard sévère aux hommes du guet et à leur chef.

— Et surtout qu'on ne me tire plus jamais de mon lit pour des vétilles de cette sorte.

— Monsieur ? osa le brigadier.

— Qu'est-ce encore ?

— Ce n'est pas un loup, monsieur.

Le ventripotent bouillonna.

— Pas un loup ? Et qu'est-ce donc alors ?

Le rustaud répondit en désignant Fondari :

— C'est une bête que cet homme au noir esprit a apportée ce soir même dans nos murs.

— Celui-là ? Au noir esprit ? répéta le magistrat, incrédule.

Il s'en approcha, sans chercher à masquer la répugnance que lui inspirait le voyageur, se planta devant lui et estima sa forte charpente avec l'œil d'un maquignon.

22

– Que me dis-tu, mon brigadier ? ironisa-t-il. Mais la voilà, ta bête féroce ! Et c'est son maître qui court les rues ! Non le contraire.

– Mais c'est que...

Cette fois, le bailli ne voulut pas laisser croire qu'il y eût quelque bienveillance bourrue dans l'ombre de ses admonestations.

– Oh, mais va-t-il me permettre de retrouver enfin mon lit, ce désastreux militaire qui dégoutte de neige sur mes tapis et dont les hommes puent à n'y pas tenir ?

Le bruyant équipage qui avait forcé sa porte en pleine nuit et qui tirait des mines écœurées à ses quatre valets coquettement poudrés, cette troupe conçue dans la tourbe et promise à elle seule, avait fini par causer au magistrat une irritation qu'il lui fallait bien gratter. Et voilà donc qu'il s'était mis à pousser de petits cris et à mimer des soufflets sur les têtes pouilleuses de ses gardes.

À cet instant, une femme visiblement éperdue déboucha dans l'entrée de la salle.

– Et qui est celle-là ? grinça le bailli.

L'intruse rugit en s'extirpant de la poigne des hommes du guet qui avaient voulu lui barrer le passage.

– Ma gamine ! Ma gamine !

– Ah ! En voilà une qui hurle, maintenant ! On ne m'épargnera donc rien, cette nuit !

Le brigadier déchiffra publiquement le mystère.

– C'est la pauvresse qui a vu la bête, monsieur. Quand on a saisi ce pendard qu'on a traîné jusqu'à vous, il était en train d'emporter la mère comme sa créature avait emporté la fille.

Le maître des lieux ouvrit des yeux dubitatifs en se frappant le front, puis bâilla largement. Sa patience, déjà vacillante, venait de s'éteindre comme un brandon tombé dans la neige, et en produisant le même soupir.

– C'en est assez, monsieur le soldat ! Qu'on mène céans tout ce beau monde au cachot. Je rendrai demain ma justice et que d'ici là on me laisse à mon lit.

– Mais…

– J'ai dit, fulmina le gidouillard.

Fondari et la femme furent aussitôt poussés dehors, au milieu de deux haies de curieux piétinant sur place pour se réchauffer, et qui furent bien payés de leur attente en ayant pu regarder de près et harpailler ce sorcier taciturne qui lâchait des bêtes féroces dans les rues de leur bonne ville et subjuguait les mères d'enfants perdus par ses envoûtements.

De là, les deux malheureux furent conduits dans une glaisière, en contrebas de la demeure du bailli. Entre l'un des énormes rochers qui la délimitaient et la paroi de la cavité s'ouvrait une sorte de cloaque. Les hommes du guet rudoyèrent Fondari pour l'y faire entrer.

– Pourquoi vouloir me retenir dans une niche où je ne peux me tenir ni debout ni couché, alors que je pourrais être à la recherche de l'enfant de cette femme et aussi ramener ma bête à l'enclos ?

Le brigadier ne parut pas plus disposé que précédemment à entendre les arguments de son prisonnier.

– Nous chercherons nous-mêmes l'enfant. Et la bête, ce sont les balles de nos arquebuses qui la trouveront.

Au moment où Fondari était poussé dans le margouillis, l'air frémit au-dessus des gardes. Ils en furent saisis de crainte. Venait-elle au secours de son maître, la bête évadée, la meurtrière à la foulée discrète et aux crocs découverts ? Qui d'autre, pour causer un si soudain et profond silence ? Un ange du ciel, qui de la pointe de sa lance effondrait les dômes de neige et ramenait dans leur vase céleste les vents glacés qui tourmentaient l'ici-bas depuis des semaines ?

Le brigadier hissa vers l'apparition son regard à demi aveuglé par les coups de bec du froid. Il ne vit ni ange ni diable, mais un visage familier à la fenêtre imprudemment ouverte d'un carrosse aux armoiries d'azur et d'argent. Dès qu'il eut reconnu le visiteur, il baissa respectueusement la tête en pressant ses hommes engourdis d'en faire autant.

Le visage du jeune comte de Sancerre, fin comme celui d'une fille, semblait d'une pâleur plus marquée qu'à l'ordinaire sous une austère toque cannelée, et son corps plus chétif.

— Se peut-il que l'on fourre deux âmes au cachot par si mauvais temps ?

— Le bailli doit les juger demain, monsieur.

— Et comment ferait-il ? Ces deux-là seront morts à l'heure du tribunal.

Le jeune homme parlait d'une voix où s'équilibraient d'une façon qui avait toujours paru surnaturelle à quiconque, et plus encore cette nuit, la douceur de son cœur et la fermeté de son âme. Reconnaissant la jeune femme, statue blanche aux yeux mourants, il la questionna avec bienveillance :

— Et toi ? N'es-tu pas au service de ma maison ?

Elle répondit en tremblant, autant de peur que de froid :

— Si, monseigneur.

— Que donc fais-tu là, en si mauvaise part ?

Le brigadier prit la relève, jugeant sans doute qu'une villageoise avait besoin d'un interprète pour être comprise d'un comte dont l'ancêtre avait participé avec Jeanne d'Arc au siège d'Orléans.

— Cette pauvre femme a vu sa fille emmenée par une bête, monseigneur.

— Je n'entends pas là de raison qu'on la jette en prison ! Dis-moi toi-même, femme ?

Le brigadier se tut et recula, jusqu'à la garde de l'épée qu'il portait au côté, dans une congère qui s'ébroua sur lui de dix livres de neige.

– Je suis Jeanne Fricot. C'est moi qui apporte les linges de table et de bain à la famille de notre gracieux seigneur et à lui-même, monseigneur, et qui les lave.

– C'est donc là que je t'ai vue, Jeannette ? Depuis mon bain ?

La femme gelée s'enhardit un peu en voyant le sourire de son maître.

– Souventes fois, monseigneur.

– Alors, dis-moi, que te reproche-t-on ?

– Rien, monseigneur, je crois. C'est ma fille, la petite Lison, la seule avec mon grand Jacques qui ne soit pas partie de la poitrine, la seule qui me reste... C'est elle qui a été emportée par un loup, ce soir même... Et voilà que j'ai écouté cet homme derrière moi, qui me disait qu'il pouvait m'aider à la retrouver... Et voilà encore qu'on nous mène là, où c'est si froid que la glaise vous en a des façons de roc, et que... C'est bien tard maintenant pour ma petite. C'est seulement le Bon Dieu qui l'arrachera aux dents des bêtes...

– Paix, Jeannette. Tiens-toi calme. Il me semble qu'il te reste si peu de vie qu'encore un mot te l'ôterait toute ! Tu dis que ce grand gaillard est avec toi ?

Jeanne hocha la tête en reniflant.

– Qu'il monte près du postillon et toi à mes côtés ! Les deux infortunés obéirent aussitôt.

Les hommes du guet ne tentèrent pas de s'interposer.

Tandis qu'ils s'écartaient pour laisser manœuvrer le carrosse, Fondari leva les yeux vers les fenêtres du bailli juste au-dessus et y devina l'imposante silhouette, découpée dans la lumière jaune du feu de cheminée et appuyée immodestement sur ses laquais qui lui peignaient tour à tour la barbichette.

— Mes gens, murmura le magistrat, il faut encore que cet imberbe souffreteux vienne siffler ses mirontaines sous les balustres de mon tribunal ! Ma nuit est gâchée désormais. Et donc la vôtre aussi, mes douceurs. Eh bien, que la bête, s'il en est une, le croque en chemin, cet avorton !

Le bailli chassa d'un geste de mépris la vision du landaulet disparaissant dans la nuit en direction du château et se rua, retroussé jusqu'aux fesses, au milieu de la salle afin d'y exprimer à fond sa colère.

— Et que monseigneur le comte, son père, un homme au cœur si bien fait, vive trois vies pour le bien de tous ses sujets... et celui du premier d'entre eux, son bailli.

Ayant dit, l'échevin bâilla démesurément puis, contredisant sa récente prévision, rejoignit son lit à triple matelas et s'y enfonça pour le reste de la nuit.

3

AU MOMENT OÙ JOACHIM, unique fils de Fulbert de Bueil, seigneur des Fontaines, passait la porte colossale du château de ses pères, la forêt de Bellechaume, colline voisine de celle de Sancerre, retentit d'un cri que personne qui eut à l'entendre, même à une demi-lieue de là, ne devait plus oublier.

Celui que la formidable rumeur atteignit le premier, et dont il lui sembla qu'elle avait liquéfié ses os, fut le passager d'une modeste chaise de poste tirée par un bidet : Étienne Jacquelin, curé de la paroisse. Plus effrayant encore s'il est possible fut le silence qui suivit ce vacarme. Tous les animaux, petits et grands, à poils ou plumes, s'étaient terrés au plus creux de leurs tanières ou dans des trous de rochers, et ne songeaient plus à respirer. Or, quelques instants après cette épreuve, alors qu'un affreux écho se propageait encore dans tout son corps, le petit homme tremblant dans le drap rude de sa soutane retrouva sa contenance. Il adressa une prière à son saint patron, se fustigea d'avoir manqué de foi en cédant à la peur et se remit en route. Qu'on puisse dire qu'une autre crainte que celle de Dieu avait pu le saisir, voilà ce que ce prêtre n'admettait pas, non plus d'ailleurs qu'il y eût dans les forêts alentour un être capable de faire un bruit si affreux et dont il n'ait pas bientôt éclairci le mystère. Raffermi, il grimpa sans forcer l'allure le raidillon qu'il empruntait toujours pour quitter Sancerre ou y revenir, puis, ayant pris de hautes routes abondamment boueuses, parvint à la cure qui flanquait l'église.

Et là encore il eut une surprise. Ramassée contre sa porte, il découvrit une enfant aussi bleue de froid que la pierre autour l'était de nuit, et qui n'avait même plus la ressource de grelotter. Jacquelin ne prit pas la peine de rentrer à l'écurie ni coche ni cheval et porta aussitôt la fillette à l'intérieur.

Une femme y tisonnait le feu, aussi imposante que le curé était chétif. Elle s'alarma en le voyant entrer.

— Ah mais ! Qu'est-ce que nous voilà, monsieur le curé ?

Jacquelin n'affichait pas la mine débonnaire que sa gouvernante lui connaissait d'habitude, mais un air d'affliction.

— Vous n'avez pas entendu frapper, Marthe, tout à l'heure ?

— Par tous les saints, non, monsieur le curé.

– Ni appeler ?

– Ni appeler.

– Cette petite était en train de dépérir à quatre coudées de vous, contre notre mur. Si je n'étais pas arrivé, elle passait. Voyez, elle est déjà toute raide.

– Oh, mon Dieu ! Mais c'est qu'elle n'a rien dit, la pauvresse ! Je n'ai pas quitté cette pièce de toute la soirée, m'affairant au feu et au repas de demain.

– Ses cris furent sans doute trop faibles.

– Pas comme ceux du tourbillon de l'enfer qui vrille les cœurs et les corps de ceux qu'il vient à happer...

– Allons, Marthe !

– Là, juste devant la porte de l'église, comme je vous le dis. Ce ne sont pas les brebis galeuses et décharnées que le diable convoite, monsieur le curé, mais les plus grasses et les plus saines. Il viendrait les ravir jusque sur les marches de l'autel si vous n'y veilliez pas !

– Mais j'y veille, j'y veille.

Cependant, Marthe avait débarrassé la meilleure chaise, près de la cheminée, des aube, étole et chasuble qui y séchaient. Jacquelin y installa l'enfant et s'assit sur la pierre du foyer, les mains gelées de l'enfant dans les siennes.

Marthe était partagée entre la compassion pour la fillette, le reproche qu'elle se faisait de l'avoir laissée au gel, même malgré elle, et enfin le devoir domestique. Ce fut cette dernière inclination qui, en cette circonstance, fut la plus décisive.

– Et votre habit, monsieur le curé ? Vous n'avez même pas retiré votre barrette, qui m'a l'air trempée et ferait une porte bien commode pour les fièvres pestilente ou méphitique, la coqueluche, la suette, la bosse, la pourpre et le charbon.

– Allons, mon médecin, occupez-vous donc plutôt de cette petite. Il faut lui faire prendre quelque chose de chaud.

– Si fait, un bouillon de chou a démarré, attelé à deux bouchées de pain noir. Mais il n'empêche que, si vous partiez de ladres, de salaces ou de trousse-galant, qui donc ferait la charité à la prochaine enfant trouvée ?

– Préparez donc plutôt votre bouillon de cardons, Marthe, et trempez-y du pain calendal. Ajoutez-y une dizaine de crosnes bien bombés.

– Oh, mais c'est-y Noël ?

En dépit du calendrier, le prêtre acquiesça en posant sur l'enfant un doux regard qui laissa Marthe sans repartie. Elle s'exécuta donc, encore honteuse de l'étourderie qui avait été presque fatale à la fillette, ce qui ne l'empêchait pas de refuser d'admettre que son curé déboute la science médicale par un haussement d'épaules.

– Je crois bien que cette petite n'avait pas choisi notre porche en espérant le franchir, dit Jacquelin après un silence, mais qu'elle s'était résolue à y mourir. Cette grande force d'âme que j'ai si souvent vue aux enfants quand ils en sont aux extrémités est pour moi un motif constant d'étonnement sacré.

— Vous voulez dire qu'elle n'aura pas appelé ni frappé à l'huis ?

— Oui, chère femme.

La gouvernante fut aussitôt libérée du poids de son remords, cause discrète de sa récente et multiple volubilité. Elle en remercia Dieu dans un latin confus, mêlé de patois chavignolais. Puis elle se pencha sur la fillette.

— Tu peux parler, ma douce ?

L'enfant hocha lentement la tête en ouvrant des yeux qui tenaient à peine dans son maigre visage.

— Comment t'appelles-tu ?

Elle but une gorgée de bouillon et balbutia deux mots que Jacquelin ne comprit pas.

— Que dis-tu ?

— Je suis Lison. Lison de Jeanne, qui est lingère au château.

— Ah, mais oui, je la connais ! confirma la gouvernante. Tiens, prends donc cette tranche de bon pain.

Lison saisit le morceau et le sera contre sa poitrine, moins pressée de manger que de raconter.

— On marchait dans le bourg. Des loups étaient là. Et ils n'étaient pas à aller et venir en tous sens, mais ils demeuraient sur nos flancs et avançaient à notre train, à ne regarder que nous.

— Des loups ? Tu es sûre ?

Lison hocha deux fois la tête, la bouche sèche au souvenir de l'épisode.

– D'un coup, ils m'ont poursuivie, deux ou trois. J'ai perdu ma mère en courant. Et puis j'ai eu très froid. J'avais peur aussi. Je suis remontée vers l'église. C'était la nuit. Et ma mère, où elle est ?

Jacquelin resta pensif un instant. Que Lison ait pu échapper à des loups lancés à ses trousses lui paraissait impossible mais, comme il n'était pas homme à considérer que l'impossible n'avait jamais cours, il leva les yeux sur le crucifix fixé au-dessus de la porte et admit que la fillette avait dû sa sauvegarde au seul protecteur de l'humanité.

– Tu vas te reposer, petite. Il est bien trop tard pour ressortir. Je te ramènerai demain à ta mère.

Entendant ce décret, la gouvernante protesta :

– Mais c'est qu'elle va être inquiète à s'en faire tourner le sang en eau, monsieur le curé, cette pauvre femme !

– Et tellement heureuse à la pointe du jour quand je lui aurai ramené sa fille, conclut Jacquelin.

Puis il caressa le front de Lison, où un peu du rose de la vie affleurait de nouveau, tandis que le reste de son visage avait disparu dans le bol de bouillon.

4

DÈS QU'IL EUT LE PIED À TERRE, Joachim questionna Fondari :

— Qu'est-ce que me dit Jeanne ? Vous transportiez une bête étonnante ?

— Étonnante, oui.

— Et qui s'est enfuie en détruisant sa carriole sur la grand-place, près de la taverne de Baudin ?

Fondari l'admit en se défaisant de la carapace de neige qu'était devenu son vêtement.

— Oui, monseigneur. Elle a dû flairer la cochonnaille.

— Magnifique, l'ami ! Entrez donc vous réchauffer, vous et Jeanne, invita gaiement le jeune homme. Par décision de mon père, le comte, l'âtre ne refroidit jamais au château. Peut-être même trouverons-nous encore de quoi manger.

Fondari accepta d'un respectueux mouvement de tête en méditant sur l'inconstance de la fortune qui, à une heure d'écart, le jetait dans la prison d'un bailli capricieux, puis le changeait en invité du rejeton d'une des meilleures familles du Berry.

– Allons, par ici ! Coquery, Paillard ! Menez mes chevaux à l'écurie !

Deux palefreniers accoururent, dont les lueurs des bouilles rappelaient aisément qu'ils n'étaient pas préposés qu'aux étables, mais aussi à la bonne garde des trois cents poinçons de vin constituant les réserves du château.

– Mon père est-il encore debout ?

– Le maître veille toujours jusqu'à vot' retour, not' seigneur. Il a dû vous voir arriver. Sa chandelle vient just' de s'éteindre à la barbacane.

La cour du château formait un trapèze dont chaque sommet supportait une tour à l'assise solide, mais dans cette nuit épaissie de brouillard on n'en distinguait pas le faîte. Quant au donjon, Fondari n'en avait vu nulle part de plus massif. Malgré le froid, il demeura quelques secondes à le contempler, du pied colossal au hourdage, visible par inter-mittence grâce aux fanaux qui y restaient allumés jusqu'au petit jour.

Surpris par cette noble attitude chez un homme sans titres, Joachim plaisanta en grelottant :

– Vous prenez le temps d'admirer, l'ami ! Vous le pourrez demain si le cœur vous en dit, mais pour l'heure je veux que vous entriez ici.

Le jeune comte conduisit ses protégés à travers un corridor bas de voûte par lequel on accédait directement dans ses appartements, ce qui permit d'éviter qu'on lève à grand bruit les verrous des portes principales. Joachim filait maintenant sans se retourner, ses hauts-de-chausses soulignant la minceur de ses jambes, dans un boyau où même deux elfes n'auraient pu avancer de front. Jeanne et Fondari marchaient dans son pas.

– Ma bonne Jeanne, courez où vous savez, d'où vous nous rapporterez trois pièces de gibier, un pain ni de pois ni de fèves, mais de froment, et une jatte de vin.

Les trois débouchèrent dans une vaste salle parée de trophées et du blason des Bueil, d'azur au croissant d'argent, aux six croisettes recroisetées au pied fiché d'or, trois en chef et trois en pointe.

Jeanne quitta un moment les deux hommes pour aller chercher la commande de son maître au cellier. Joachim frétillait comme l'oreille d'un âne tourmenté par un taon.

– Cerfs, daims, loups, sangliers, goupils ! Mon père et son premier piquier, Lacramont, ont trucidé plus de bêtes sauvages à eux deux que les cinquante veneurs des chasses de Luynes, vanta le jeune homme. Mais je suis bien certain que votre bête, l'ami, est plus forte de pattes, plus rude de truffe, plus longue de griffes et plus haute d'échine que la plus terrible qu'on voit ici. Je me trompe ?

— Certes non, monseigneur.

— Venez par ici. Vous allez me raconter.

On arriva dans une pièce plus petite, égayée par les flammes d'une cheminée haute et profonde, dans laquelle Joachim invita Fondari à s'asseoir. Chargée de victuailles, Jeanne les y trouva, le grand fumant comme une bûche de toute l'eau que rendaient ses habits, et le petit au teint trop pâle exalté par le récit que Fondari commençait à l'instant.

— Je suis fils d'un duché lointain, monseigneur, et je fais profession de voyager dans le monde pour montrer dans les cours un animal comme peu d'hommes en ont vu qui ne seraient pas sujets des hautes provinces aux confins des Espagnes ou natifs comme moi des montagnes de Savoie.

Joachim indiqua à chacun de se servir à volonté, trop excité lui-même pour verser à boire sans rien renverser.

— Et quel est cet animal, mon ami ? Parle ! Vois mon impatience, moi qui n'ai pas assez de vigueur pour me risquer à approcher d'autre gibier que les lapins, et qui suis las de n'en voir de plus majestueux que sous la forme que tu as aperçue dans la salle voisine.

Jeanne posa les pièces de viande sur des tranchoirs au pied des convives. À l'invitation de Joachim, elle demeura près d'eux, mais pas un instant la pensée de Lison ne la quittait, quoi qu'elle fût trop humble pour en faire mention. Cependant, elle priait secrètement le Ciel que Fondari n'en ait pas été distrait lui-même par les actuelles réjouissances, et qu'il y revienne bientôt. « Qu'un homme, songea-t-elle encore, puisse être aussi apparemment bon que lui, mais si sot qu'il oublie une enfant en danger de mort, ou morte déjà, quand on lui donne à manger, cela serait une déraison insupportable à Dieu. »

— Sers-toi bien, l'ami, insistait Joachim ! Mais n'en sois pas empêché d'étancher ma curiosité.

Fondari le rassura en saisissant un cuissot de marcassin.

— Non pas, monseigneur. Vous saurez tout.

— Tout ? Mais encore ?

— Ma bête est un ours.

Les yeux de Joachim s'ouvrirent en grand et un sourire d'enfant éclaira son visage.

— Un ours ? Se peut-il qu'il y ait ce que tu appelles un ours ici-bas ? Et qu'est-ce qu'un ours ?

— Plus de mille deux cents livres de chair et d'os, monseigneur, faisant ripaille aussi bien de fruits des bois et de racines que d'animaux qu'il chasse lui-même et dont aucun ne lui résiste. Une posture à quatre pattes ou debout comme nous, ce qui en fait un être plus voisin des hommes que chiens ou loups.

– Plus de mille deux cents livres ! Des proies qu'il chasse ! Et aucune ne lui résiste, dis-tu ? Et encore ? Et encore ?

– C'est une bête d'une grande douceur, à la fourrure épaisse et dont le caractère égal la pousse à dormir le plus souvent. Mais qu'une mouche la pique ou qu'un taquin l'agace, elle montre alors des crocs longs comme mon pouce et plus gros et pointus que votre rapière ! Elle se dresse sur ses pattes de derrière en poussant un cri dont je n'ai trouvé de comparaison que dans le tumulte des torrents de mes montagnes ! Ses poils s'ébouriffent et la font paraître plus énorme encore qu'elle n'est ! Et alors personne, ni homme ni animal au monde, seul ou en troupe, ne peut la contenir. Sa patte est plus vive que celle de tout autre fauve, et ses griffes plus meurtrières.

Joachim demeurait interdit, le regard embrasé.

– Comment... comment as-tu pu faire entrer ce... monstre dans une charrette ?

– L'ours est avec moi depuis des années, monseigneur. Par ruse, j'avais pu le soustraire tout jeune à sa mère en l'attirant avec des rayons de miel dans une passe où l'adulte n'a pas pu entrer. De là, nous fûmes bons compagnons, partageant le succès et ses rentes, mais aussi les courses exténuantes à travers des pays de pluie, ou secs comme le cœur du démon, froids à s'ébrécher les dents à force qu'elles claquent ou brûlants comme l'enfer. C'est alors que j'entrai dans votre ville dans le but de vous montrer l'ours que des gens d'armes me cherchèrent querelle et me soumirent à la justice du gros homme.

— Le gros homme ! sourit Joachim. C'est Danlabre, notre bailli, raffiné mais au caractère plus variable que celui d'un jeune chien. Mais... mais je n'y pense que maintenant, l'ami... Ta bête, ton... ours... S'il est en liberté dans la ville, fait-il courir un danger à nos villageois ?

— Je ne cacherai pas que oui. Si à sa vue une femme ou un enfant s'enfuit à grand bruit, l'ours peut les poursuivre et les mettre à mal. Si un homme au cœur bien trempé trouve à s'opposer à lui, l'ours lui brisera les reins d'un seul coup de patte. Et s'il a grand faim, comme il semblait après que nous ayons beaucoup voyagé et peu mangé, il visitera une étable et pourra, sans distinguer un bœuf d'un chrétien, aussi bien dévorer l'un que l'autre.

— C'est terrible !

Joachim paraissait épouvanté, mais il était sourdement aiguisé par une joie aperçue par Dieu seul et que provoque au cœur des désœuvrés et des mélancoliques l'imminence des grands périls.

Jeanne n'avait pas perdu un mot de l'échange et ne semblait pas trouver plus enviable pour Lison qu'elle eût rencontré un ours plutôt d'un loup.

— Ma gamine ! émit-elle faiblement

— Je vous ai promis de chercher votre fille, Jeanne. Le bailli nous a retardés cruellement, mais nous devons à la bienveillance de monseigneur d'avoir pu reconstituer nos forces. Je lui demande donc de me permettre de regagner le bourg afin de tenir ma promesse. Dieu sait ce que les hommes du guet auront fait de mon cheval ! Je crains de le retrouver mort à son piquet. Mais l'enfant d'abord ! Monseigneur, me permettez-vous ?

— Non.

Le mot n'était pas sorti de la bouche du jeune comte, mais du coin le plus reculé de la pièce, où se formait dans l'ombre la haute silhouette d'un homme qui inspira la même crainte à Jeanne et à Joachim.

— Vous êtes levé, mon père ?

— Et assez réveillé pour entendre le boniment de cet étranger, dont j'apprends que votre zèle, mon fils, l'a soustrait à la justice de mon homme de robe ! Et assez réveillé encore pour apercevoir une femme de notre suite en train de festoyer avec des hommes au milieu de la nuit ! Et avec vous surtout, dont le nom et le sang sont issus d'une famille si ancienne qu'elle rendait justice et portait l'épée quand les lignées des La Châtre et des Guise trimaient encore aux champs !

— Mais, père...

— Qu'on y mette à l'instant bon ordre, mon fils ! Qu'on pousse cette femme à sa couche ! Qu'on chasse ce sabouleux de chez moi ! Et qu'à l'instant on rétablisse un héritier des Bueil dans le lustre de sa condition !

Le comte s'avança alors. Il dépassait Fondari, qui n'était pas nain, de près d'une demi-tête, mais son pas n'était pas si sûr et il semblait que son corps fût grugé par les cent blessures que ses innombrables chasses avaient causées. Comme chacun s'effaçait devant ce visage, auquel la lumière venant d'en bas conférait une apparence effroyable en butant sur le relief de nombreuses cicatrices, le vieux comte saisit au bras le montreur d'ours qui passait à portée.

— Un ours, dis-tu ? Et pas un homme ni un animal qui n'en pourrait venir à bout ?

— Oui, monseigneur.

— Il est sur mes terres, ton ours ! Il est donc à moi. Alors, j'en fais le serment sur le tombeau de ma chère femme Isabelle, c'est ce coutelas qui arrachera son cœur.

Ayant dit, Bueil produisit une arme comme Fondari n'en avait jamais observé dans ses pérégrinations, et dont la seule vue le glaça.

5

GILLES PASTOU n'avait pas la charge d'une seule acre de terre ni jamais dix sols d'avance. Il passait le plus clair de son temps à boire le peu d'argent qu'il mendiait. Faisant profession de poète, quoique beaucoup lui en contestassent le talent, il produisait chaque jour des vers courtois dont il farcissait à l'envi les oreilles pourtant hermétiques des clients de plus d'une taverne. Après l'arrestation de Fondari par les sicaires du bailli, il avait épuisé un dernier tonnelet de mauvais vin et s'en était allé dans la nuit, ramassant au passage quelques planches de la charrette délabrée par l'ours et un ballot de sa paille chargée d'urine pour alimenter son poêle.

Comme il arrivait parfois, deux tire-laine l'attendaient, tapis dans un coin d'ombre, pour lui soutirer les piécettes qu'il avait pu glaner à l'auberge en troussant quelques mots pour un batelier sans façons qui les destinait ingénument à sa belle. Ayant pris le chemin qui longeait la halle, et son bienfaiteur la route opposée, les deux s'étaient rapidement perdus de vue et d'ouïe, chacun pourvu de son magot dérisoire, trois deniers tournois d'un côté, et de l'autre trois vers boiteux que le batelier se répétait sans cesse en marchant afin de n'en rien perdre.

Ce fut quand il n'eut plus pour compagnie que le faible bruit de ses pas incertains dans la neige que Pastou tomba dans l'embuscade tendue par les deux marauds qui l'avaient précédé. L'affaire fut vite conclue. Les fripouilles ne tuèrent pas le poète, songeant qu'il valait mieux prendre les fruits, même médiocres, d'une plante qui en donnait assez souvent, plutôt que l'arracher. Il fut toutefois battu et détroussé, passant en un instant de la condition de pauvre à celle de miséreux, et c'est grelottant qu'ensuite il dériva dans les ruelles, le nez en sang, ayant récupéré à tâtons une partie de sa paille souillée et de ses planches, et redressant en se frottant aux murs sa trajectoire serpentine.

Il avait à peu près rejoint sa masure arrangée entre la paroi convexe d'une étable et la maladrerie, quand il entendit derrière lui des bruits qu'il crut de marche.

– On m'a déjà rossé, messires, et pillé tout ce qui brille, même l'éclat de mon chant. Plaignez-moi plutôt que lorgner ma bourse, aussi plate qu'un

palus, car ma muse se venge de moi en toutes occa-
sions, prenant sans doute pour une cruauté l'amour
que j'ai d'elle.

S'étant retourné, il ne vit personne qui le suivait.

– Allons, ne me jouez plus de ces tours, mes amis.
Je ne veux combattre ni hommes ni esprits.

Comme le silence persistait, Pastou prit double-
ment peur. Son grelottement s'amplifia.

– Par Solange, Ludre et Léocade, nos bons saints
du Berry, laissez donc maître Gilles à sa paillasse.
Ma peau me contient mal, mes muscles sont comme
loches, mes os me portent à peine... Hé ho, messires !
Me voulez-vous vraiment tuer ? Pourtant, j'ose vous
le jurer, je n'ai point de métal en poche, et de moi il
ne reste à prendre que la vie.

Prompt à imaginer des opérations malignes sous
le moindre bruissement de feuilles, Pastou hâta
le pas et lâcha planches et paille qui l'entravaient,
tourmenté par une chiasse qu'il devait autant à la
piquette qu'à l'effroi. Comme il touchait à sa porte,
les formes blanches que produisait sa respiration
prirent l'allure de fantômes, et les bruits derrière lui
celle d'une attaque. Le chantre mut son loquet en
priant les saints, qu'il avait pourtant délaissés ces
temps-ci, mais il ne put entrer. Un grand coup dans
le dos comme de soc dans la terre le souleva d'une
coudée. Un instant suspendu, il parut dire que c'était
une bonne farce, qu'il avait eu bien peur et qu'on

avait bien ri, mais qu'il fallait maintenant le laisser rentrer chez lui.

Quand son corps retomba sur son seuil, Pastou était mort.

Dans son vêtement déchiré, on retrouva au matin ces quelques vers de sa main :

J'ai ouï conter qu'un Sancerrois,
Grand aumussier du roi Henri,
Lassé des plaisirs de Paris,
Voulut s'en revenir chez soi.

Entendit recouvrer ses droits
Sur sa maison et sa jolie,
Mais la seconde avait mari
Et la première un trou au toit.

Voyant ses amis d'autrefois
Aussi se détourner de lui
Il pria que la mort le prît,
Qui dédaigna cette humble proie.

Une partie manquait, mais ce début de fabliau parut assez éloquent aux rares amis de son auteur pour qu'ils ne le regrettent pas plus de quatre jours.

Sans doute composé d'abord, l'envoi figurait au dos de la page. Il fallut y gratter le sang de Pastou pour en retrouver tous les mots. Le voici :

Prince, plaignez celui qui fut
Aimé de ceux qu'il n'aimait point
Et qui n'aura jamais reçu
Des siens que honte et que chagrin.

Cette ultime découverte ne contribua pas à sauver la réputation du poète.

6

L'AUBE AVAIT À PEINE effleuré le ventre des nuages lorsque la chaise de poste du curé Jacquelin fit halte devant la grande herse du château. Le prêtre en sortit, tenant Lison par la main.

— Je ramène cette enfant à sa mère, qui est lingère ici.

Le guichetier fut si étonné de voir un curé à moins de cent mètres des tours qu'il n'en trouva pas ses mots.

— Je sais que le comte ne désirerait pas me voir, mon fils, annonça le curé, qui voulait bien paraître téméraire mais pas sot, même aux yeux d'un huguenot.

— Ça non.

— Je ne désire pas le voir non plus. Qu'on prévienne Jeanne, la lingère, qu'elle reprenne cette petite qui est sienne, et je regagnerai ma cure sans avoir même fait mine de vouloir ramener les habitants de cette place dans le giron de la sainte Église.

Comme il faisait demi-tour, les pierres de la cour résonnèrent d'un martèlement familier aux gens de guerre, celui d'une dizaine de chevaux apprêtés pour l'assaut et avides de course.

— Poussez-vous de là, vous deux, souffla le planton en actionnant le barillet pour lever la herse. C'est monsieur le comte qui part à la chasse.

Il avait à peine achevé que Fulbert parut, majestueux dans sa tenue de velours noir, ses cheveux rares mais longs au vent, blancs comme la neige qui écrasait les toits. Sur son cheval, il semblait si grand et terrible que même le guichetier, qui pourtant le voyait tous les jours, en frémit.

— Y f'ra bon chasser, monseigneur, osa-t-il lancer. Ça a fondu c'te nuit. On s'demande d'ailleurs pourquoi. J'ai pas trouvé qu'y f'sait tellement moins froid qu'hier.

— Dis-moi plutôt ce que cet adorateur d'icônes prépare là comme mauvais coup.

Le prêtre voulut répondre lui-même.

— J'accompagne une petite fille qui s'était perdue dans la nuit, monseigneur. Sa mère est à votre service.

— Est-ce qu'il dit vrai, Lacramont ?

Le gaillard borgne qui menait le détachement confirma.

Le comte grinça en désignant le planton.

— Toi, ramène cette agnelle à sa mère. Dépêche-
toi ! J'attends ici que tu reviennes.

Jacquelin recula après avoir lâché la main de
Lison.

— Ne vous souciez pas de moi, monseigneur.
Je n'aurais pas songé à pénétrer chez vous.

Bueil tonitrua en entraînant ses hommes à mani-
fester leur approbation :

— Voilà un papiste qui n'est pas trop stupide !
Il sait bien que, si l'envie folle de franchir ces grilles
le prenait un jour, je lui ferais bouffer ses bréviaires
et reliques jusqu'à ce qu'il les dégueule, eux et tout
son fatras d'ornements catholiques.

Le curé se recroquevilla afin de résister à la houle
de sarcasmes qui suivit l'invective. Il commençait
un mouvement d'humble retraite quand, l'écho de
l'énorme voix du comte se perdant à peine, on entendit un autre tapage.

— Qu'est-ce encore que cela ? Ouvre bien ton
œil, Lacramont, et dis-moi si ce sont hommes ou
bêtes qui osent faire plus de bruit que moi sur
mon domaine.

— Des hommes, monseigneur. Et des nôtres. Trois
fripouilles dont j'ai moi-même fouaillé les côtes hier
pour les avoir pris à sucer vos tonneaux.

— Tu es trop bon, mon coutilier. Il y a si longtemps
que tu n'as guerroyé que ton caractère s'est attendri.
Si je les avais attrapés moi-même, ils seraient en

trois parties à cette heure : la tête au bout de piques, le corps à la fosse et la boyasse aux cochons.

— Je les ai consignés à la récolte du bois dans la colline de l'Orme aux loups, monseigneur, pensant que les bruits qu'on répand dans la ville depuis hier soir sur une bête maléfique auront été pourvoyeurs d'un supplice par la peur non moins cruel que les piques, fosse et cochons pour ces trois salopiots.

Le comte partit aussitôt d'un grand rire comme seul son fidèle savait en provoquer chez lui.

— Corniauds d'ivrognes et ivrognes vous-mêmes ! héla le piquier en descendant de cheval. Que vous voilà sans votre charrette ni bois dedans, tremblant comme des filles et faisant plus de vacarme que des soudards papistes !

Les freluquets, frères dans l'épouvante, parvinrent devant Lacramont, qui parut se demander comment des échafaudages d'os aussi incertains pouvaient tenir debout.

— C'est la bête ! C'est la bête !

— Qu'est-ce qu'ils nous chantent ? demanda le comte, agacé.

— Ils parlent d'une bête, monseigneur. Eux aussi.

Le piquier saisit un des avortons à l'oreille.

— Cornegidouille ! Tu aurais dû laisser ta bête croquer cet appendice parce que je fais vœu de te l'arracher, moi, si tu n'as pas avant tard donné une bonne raison de rentrer sans avoir fait le travail que je t'avais ordonné.

— C'est la bête ! Dans l'val près du sourceau, entre l'bois d'taille et l'buron du vieux Bardiot... Les siens auront eu tort de l'pleurer quand il a passé, l'mois dernier. Ça s'rait p'utôt une bénédiction du ciel d'y avoir pas permis d'voir ça !

— De voir quoi, malheureux ? Monsieur le comte attend.

— Elle en a tué trois, messire, avoua un deuxième qui venait juste de reprendre son souffle. On les a vus, crevés comme les tonneaux que l'père Baudin avait laissés tomber d'sa carriole à l'automne. Les carcasses d'un côté et l'vin d'l'autre. Quand j'dis l'vin, j'veux dire le sang, messire.

— Et alors quoi ? On parle de loups dans la région. Il en vient tous les hivers. Un imprudent a laissé divaguer ses brebis et les fauves les auront croquées.

— Oh non, messire ! prétendit le troisième faquin, qui était louche mais qui avait bien vu.

— Pourquoi ?

— Parce que les trois bêtes crevées... c'étaient justement elles, les loups. Trois gros, bien nourris de rapines dans les plessis.

— Pour sûr qu'un ou deux avaient encore des bouts humains dans la panse. Y étaient bien d'taille à avaler un chrétien.

— Et v'là qu'y étaient renversés comme des jattes, blancs d'babine tell'ment que l'sang avait couru hors d'eux.

— Trucidés !

– Estoqués !

– Égosillés !

– V'là, messire, pourquoi qu'on n'a pas ramassé d'bois et qu'on s'en est r'venu, préférant s'faire essoriller par vous p'utôt qu'boulotter par l'engeance qu'aura pu éventrer trois gros loups comme nous aut' trois lapins.

Le comte s'était approché. De sa bouche sortaient les protestations incrédules de sa raison, mais dans son œil brûlait le désir inverse.

– Foutaises, mon piquier ?

Jacquelin, qui avait renoncé à décamper en apercevant les trois boquillons, s'avança.

– Non, monseigneur. Revenant tard hier soir de veiller une mourante à Amigny, j'ai été saisi par un grondement comme je n'en avais jamais entendu et qui n'avait rien de celui d'un loup. J'ai pu me demander si c'était diable ou bête qui hurlait de la sorte... Et d'entendre vos hommes, il faut bien que je me le demande encore.

Le comte considéra brièvement le visage grave du prêtre, puis s'en détourna avec dédain.

– On sait trop comme les idolâtres sont prompts à voir des miracles dans tout, ce qui est leur façon d'absoudre par avance ce grand péché qu'est leur grande bêtise. Songez qu'ils nous baillent qu'une femme a enfanté sans avoir été connue d'un homme. Allons, curé ! Il vous faut quitter la place et débiter vos blasphèmes ailleurs qu'ici. L'envie me chatouille d'essayer ce penard sur vous avant d'en occire cette bête qui, même elle, ne vous a pas trouvé à son goût, à ce que vous dites.

Comme il raillait, il tira d'un fourreau suspendu à sa ceinture une pertuisane à la lame plus épaisse en corps et effilée en pointe qu'aucune autre, pourvue d'orillons aiguisés pour labourer les chairs ouvertes par ses tranchants. À cette vue, le curé, qui était brave mais refusait l'impiété de la provocation, tourna les talons et disparut au coin de la première ruelle.

– Que ses démons et gargouilles l'avalent ! jeta le comte. Allons, Lacramont ! À nous ! Mon compagnon ! Eh quoi ? Tu te tais ?

– C'est que...

– Lève ton œil vers moi, mon piquier ! C'est lui que je veux voir. C'est lui qui me dira s'il faut que nous nous préparions à combattre une force si extraordinaire que le prétendent ces trois-là.

Dans l'œil de Lacramont, le comte remarqua une expression qu'il n'y avait pas vue depuis douze ans, pendant le siège atroce de la ville par les armées du général de La Châtre, quand les réformés, barricadés depuis des mois dans l'imprenable citadelle, avaient enfin consenti à se rendre. Ce jour-là, comme aujourd'hui, Lacramont avait eu ce regard. Il avait vu mourir de faim ses quatre filles et Bueil sa femme, Isabelle, qu'il aimait plus que le Ciel et que toutes ses congrégations d'anges. Tous les deux avaient bataillé vaillamment, repoussant chaque attaque d'un ennemi dix fois supérieur en nombre. Ils avaient vu, quand les vivres furent épuisés, les assiégés manger d'abord les vaches, et donc se priver de lait, puis les rats, les grenouilles et crapauds, les insectes, puis tout ce qui avait été taillé dans le cuir, ceintures, chaussures, lanières. Puis les cadavres humains trouvés dans les rues. Lacramont avait alors dit au comte qu'il ne fallait pas commettre contre Dieu un crime plus grand encore que celui que lui infligeaient les armées catholiques, qu'il ne fallait pas sacrifier des centaines d'âmes converties à une foi juste en poursuivant désespérément le combat, et qu'il ne fallait pas permettre que ces gens s'interdisent même le Ciel pour être allés jusqu'à s'entre-dévorer. Et maintenant, sur le parvis de son château, Bueil voyait à nouveau cette crainte sacrée dans l'œil de son meilleur soldat.

– C'est bien, Lacramont. Laissons nos gens. À deux, nous serons plus mobiles. Viens-tu ?

Le robuste chasseur toucha pour s'encourager le fagot de bonnes framées qui flanquait son cheval.

– Nul endroit où je ne vous suive, monseigneur, dit-il fièrement.

Ils partirent alors et ceux qu'ils croisèrent dans les rues, rassemblés à la hâte devant les étals ou sous les porches comme chaque fois que résonnait l'olifant et que se pressaient les chiens dans le sillage de leur prince, devinant d'emblée la mission qu'il s'était donnée, lui adressaient des signes et montraient leur gratitude. Mais on voyait aussi la peur dans tous les regards.

7

LE COMTE DE SANCERRE et le chef de sa garde n'avaient pas encore franchi les portes de la ville forte quand Joachim se risqua à l'extérieur du château. À pied, trop légèrement vêtu pour résister longtemps à la morsure du froid, il avançait sans répondre au salut des passants et marchait front baissé, ne regardant que le pavé boueux où le faible soleil se noyait. Au bout de l'escapade, il entra chez Baudin, le tavernier, adressa un regard ferme mais bienveillant à la gargotière, qui s'effaça sur son passage en bafouillant, traversa l'auberge vide et grimpa la courte échelle menant aux combles.

— Fondari ! Tu es là ?

Aucune réponse au premier appel.

— Oh, le voyageur !

Cette fois, le montreur d'ours apparut, si épuisé qu'il semblait avoir vieilli de plus de dix ans en moins de dix heures.

— Monseigneur. J'ai fait ce que j'avais promis à Jeanne. Tout le reste de la nuit, j'ai cherché l'enfant mais ne l'ai pas trouvée.

— Écoute-moi, l'ami.

— Les loups n'emportent pas leur proie, monseigneur. Si la petite avait été attaquée, j'aurais dû retrouver ses restes. Des vêtements, au moins. Mais je n'ai rien vu. Et Dieu sait que j'ai cherché, repassant deux fois dans mes traces, fouillant et retournant tout. Je ne suis rentré qu'il y a peu, comme vous me l'aviez ordonné, aux premiers rayons du jour.

— Écoute-moi donc, saltimbanque entêté !

— Je... je n'ai pas dormi. Je suis... je suis bien las, persévérait Fondari.

— Silence, enfin ! Paix ! La petite est retrouvée. Le curé Jacquelin vient de la ramener à sa mère.

Le visage de Fondari s'ouvrit alors d'un grand sourire et deux myosotis fleurirent dans ses pupilles.

— Oh ! Grâce au Ciel !

Joachim était enclin aux émotions, mais détestait les montrer, ne voulant que paraître aussi rigoureux que son père en toutes circonstances. Il détourna donc les yeux de Fondari en toussotant.

— Il faut reconnaître du courage à cet homme venu aux grilles des Bueil, reprit-il, qui crachent sur les reliques, et aussi noter sa compassion pour la servante d'une maison réformée.

Fondari s'était assis, et il acquiesçait, mais sans parler. Sa grande fatigue aidait sa joie à s'exprimer par des larmes.

Joachim relança la conversation, craignant toujours qu'un trop long silence ne débonde publiquement ses propres sentiments.

— Es-tu catholique, toi ?

Fondari s'étonna de la question.

— Vous y verriez un motif de m'ôter votre protection ?

— Réponds, cabochard ! Es-tu catholique ?

— Les ducs de Savoie le sont, monseigneur.

— Bien répondu, remarqua Joachim après une seconde de perplexité. Je vois que la fréquentation des grandes cours de France t'aura délié non seule la langue mais encore l'esprit.

Cela dit, Fondari ne perdait pas de vue que l'heure n'était pas aux aveux de religion. Il frappa une bonne fois ses genoux avec les paumes de ses mains et se releva, aussi frais qu'un daguet.

— Il faut que je sorte d'ici.

— Quoi donc ? Pour l'heure, je te l'interdis. Mon père n'a pas voulu qu'on te mène à Danlabre dès hier nuit afin de ne pas atteindre mon honneur, car tu étais mon hôte, mais ce matin est un autre jour. Nul doute que les hommes du guet sont déjà à ta recherche.

— Et l'ours ?

— Tu as plus à craindre que lui. Tel que tu me l'as décrit, il n'est pas menacé par les loups des forêts. Alors que toi, tu peux en redouter d'autres. Des loups de ville. Tiens ! Approche sans bruit et colle ton œil à cette brèche... Vois les quatre qui s'en viennent.

— Je les reconnais. Ils étaient chez le bailli quand les gardes m'y ont emmené, hier soir.

— Oui. Ce sont ses valets. Il ne fait pas un pas sans eux.

— Qu'aurais-je à en redouter ? se moqua Fondari.

— Ah, fou de bateleur et mon ami ! Ces doux visages que tu leur vois sont des masques. En vérité, ces quatre-là sont des spadassins, jouant aussi bien du luth que du poignard. Tour à tour musiciens, valets d'atour et assassins. Il faut t'en méfier beaucoup plus que des hommes du guet et du rustre qui les commande. Ces quatre séraphins maléfiques pourraient même retourner contre moi les Baudin et leur faire ravaler le serment qu'ils m'ont fait. C'est que, pour le moment, mes taverniers te protègent parce qu'ils sont catholiques et qu'il leur plaît de contrarier la justice du comte et de son bailli, mais ne te repose pas trop sur eux et ne leur accorde pas ta confiance. On connaît l'inconstance de la roture !

— Je prendrai garde. Mais il faut que je retrouve l'ours. Il est dangereux pour bêtes et gens et... Qu'y a-t-il, monseigneur ?

Le visage de Joachim avait pâli, ce qu'on n'aurait guère cru possible, au-delà de son apparence ordinaire. Son ton et aussi son élocution changèrent.

– Ton ours, articula-t-il péniblement, il me revient en tête qu'en ce moment même mon père et Lacramont sont en route pour le tuer.

– Pour le tuer ?

Fondari se leva et se mit à tourner nerveusement sous la charpente.

– C'est impossible. Il faut à toute force que je sorte maintenant et que j'empêche ce qui va arriver.

Joachim secoua tristement la tête.

– Je comprends que tu sois malheureux, mon ami. J'accepte même que tu sois révolté. Cette bête est ton compagnon depuis longtemps, et sans elle tu n'auras plus de quoi vivre à ta façon.

Fondari arrêta net son tournoiement et regarda son protecteur avec étonnement.

– Monseigneur, si je suis malheureux et révolté, ce n'est que parce que j'ai soin de vous, que j'enrage d'être retenu ici et interdit d'agir pour votre bien.

– Je comprends mal. Que veux-tu dire ?

– Vous m'avez bien dit que votre père, le comte, et son piquenaire pénétraient dans les bois à la minute où nous nous parlons ?

– Oui, assurément ils y sont en ce moment.

Fondari se tut quelques secondes et frappa à petits coups son front contre une échantignole.

– Alors oui, monseigneur, je suis malheureux. Mais c'est pour vous que je le suis, car vous n'avez plus de père...

8

À L'HEURE MATINALE où le jeune comte et le montreur d'ours devisaient sous le poinçon vermoulu d'un galetas, le bailli Danlabre était à nouveau tiré de son lit par la troupe. Peu avant, il avait donné l'ordre à ses quatre favoris de mettre eux-mêmes la main sur Fondari, et il paressait depuis sous l'édredon.

Entendant le déferlement intempestif des gens d'armes, il protesta bruyamment :

– Quoi ? Qu'est-ce encore ?

Il retira rageusement son bonnet de nuit.

– Eh bien, quoi ? Les pires coquins se pressent de répondre à mes questions avant même que j'aie fini de les poser, et voilà que mes gens se plaisent à faire les mystérieux !

– C'est une affaire très grave, signala timidement un domestique à travers la porte.

– Très grave ? maugréa le magistrat. Parbleu, c'est à moi qu'il revient d'en juger !

Il sauta à terre, passa sans nullement se presser ses habits de jour par-dessus ceux de nuit, ses chausses de serge drapée à queue de merluche, ses hauts écarlates de velours pourfilé, son pourpoint de damas brodé et ses aiguillettes de soie aux fers d'or bien émaillés, glissa son poignard au fourreau et surmonta sa volumineuse tête d'un bonnet de velours noir garni de boutons d'or et d'une plume blanche à papillettes. Il fit ensuite une halte furtive devant le miroir et s'y reprocha par une grimace son visage mélangé.

Enfin, il parut.

– Eh bien, voilà que mon soldat me pousse au froid, que ma servante rend ma justice, que mes chérubins sont à leur devoir en me laissant inconsolable, et que j'erre, moi, contre mon gré dans cette maison sinistre, à ne contempler que trognes disgraciées de paysans et militaires alors que je suis né pour tutoyer les muses.

Danlabre termina sa déclamation en débouchant dans la salle des audiences. Il constata avec un ravissement qui changea son humeur que ses laquais n'avaient pas quitté les lieux sans nourrir la cheminée, mais quand il tourna ses regards vers le brigadier son humeur vira à nouveau.

– Qu'est-ce que cela ? s'époumona-t-il en ouvrant des yeux démesurés.

Par quatre gardes dont chacun tirait un coin, le brigadier venait d'un geste de faire ouvrir un drap taché de sang et d'autres humeurs, dans lequel roulaient des morceaux humains.

– Les restes du rimeur Gilles Pastou, monsieur le bailli, désigna le brigadier. Mes hommes les ont recueillis dans la rue où ce malheureux avait son logis.

– Se peut-il que cet amas sanglant ait été un homme ?

– Il l'était hier soir encore, monsieur. Pastou a été le dernier à quitter la taverne des Baudin, l'aubergiste l'atteste. Il avait bu ni plus ni moins que de coutume, c'est-à-dire beaucoup.

Danlabre consentit à examiner la dépouille, ce qui lui causa un écœurement qui put sembler définitif.

– Peu importe, s'impatienta-t-il. Qu'il ait bu ou pas, ce ne sont pas là les écorchures qu'on s'infligerait en se cognant aux murs.

Le bailli n'avait jamais vu de crime si singulier, mais, passé le moment de stupeur, ne se trouva pas si marri qu'il en ait été commis un dans sa juridiction, son penchant pour les affaires complexes et sa passion de les démêler, plus authentique que son amour des arts, ayant vite surmonté son dégoût.

– Est-on certain que ce barbouilleur de sonnets soit mort à l'endroit où on l'a trouvé ?

– Certain, monsieur. Du sang y était mêlé à la neige sur une grande surface.

– Bon. Avez-vous interrogé le voisinage ?

– Oui. Aucun bourgeois, hélas, mais vingt cro-
quants qui ne doivent pas encore avoir compris à
l'heure présente la question que je leur posais.

– Ah, comme tu as raison, mon brigadier ! Je les
vois d'ici, bellures édentés aux yeux chassieux !
Et qui vous regardent avec l'expression d'un caillou !
Si on ne craignait de se salir, il faudrait les battre !

– Nous n'avons pas craint, monsieur le bailli, et
les avons battus d'importance. Mais on ne tire rien
de cette racaille.

Le bailli s'enhardit.

– Bon, même stupides comme ils sont, les voisins
de cet infortuné ménestrel auraient été réveillés par
des cris s'il y en avait eu.

– Oui.

– C'est donc qu'on n'a pas crié.

– C'est aussi ce que je me suis permis d'en
déduire.

– C'est donc encore que la mort de ce poétereau
aura été soudaine quoiqu'assurément pas naturelle.

Danlabre appréciait les complaisantes ponctua-
tions d'un subalterne, à défaut de recevoir souvent
les compliments de ses maîtres. Le brigadier ne
l'ignorait pas.

– Oui, monsieur.

– Bon, mais si sa mort fut soudaine, comment expliquons-nous que ce misérable ait été
travaillé de… voyons, j'arrive au bout du compte…
à peu près, cinquante blessures ? Effondrement du

thorax, éventrations multiples, perforations jusque sous la plante des pieds, ce qui n'est pas commun, mutilations diverses, exorbitation, émasculation, décollation partielle et dilacération générale ?

– Je l'ignore.

– Quoi ? Vous venez salir mes tapis avec ce cadavre rassemblé à la va-vite dans un mauvais drap et vous n'avez pas d'opinion sur ce qui a pu lui arriver !

– C'est-à-dire qu'on se demanderait pourquoi il fallait infliger cinquante blessures à quelqu'un que la première avait suffi à tuer.

– Bien, s'étonna le bailli. La fréquentation des hommes m'a depuis longtemps conforté dans l'idée chère à Platon que les savoirs gisent au fond des esprits les plus obtus et que tout est façon de les y éveiller. Tu en es une preuve de plus, mon brigadier !

Danlabre virevolta comme s'il avait pesé cent livres de moins et poursuivit sa recherche.

– Quand nous aurons admis que les premiers coups furent fatals à Pastou parce qu'il aurait sinon alerté toute la province par ses cris, quand nous aurons admis que l'assassin n'a donc pas eu besoin pour atteindre son but d'accomplir un tel carnage, quand nous aurons considéré qu'il ne pouvait en avoir non plus envie car on ne s'appelle pas Pastou lorsqu'on déclenche une haine aussi imaginative – il faut être prince ou évêque pour cela –, quand nous aurons donc admis qu'aucun homme n'a pu montrer assez de fougue et de luxe meurtriers à l'endroit de ce triste rhapsode, il nous faudra encore admettre... Quoi donc nous faudra-t-il admettre, mon brigadier ?

— Ben... que ce n'est pas un homme qui a tué.

— Brigadier, tu m'en coupes le souffle ! Et qui alors ?

— Un animal.

— Et lequel ?

— La... la bête.

— Bien. Et pourquoi ?

— Parce qu'aucun loup ni sanglier n'ont jamais réduit un homme à ce que nous avons là...

— Or nous avons des loups tous les ans...

— ... et nous n'avons que cette année un Pastou broyé de la sorte...

— ... et n'avons de même que cette année, et même que cette semaine, une bête inconnue courant nos bois et nos voies. Donc ?

— C'est bien la bête.

Danlabre traversa la salle en montrant un air satisfait et se posta à la fenêtre.

— C'est bien la bête, oui, et sans doute dirigée par le montreur de bête. Je connais un morveux qu'on prétend héritier des Bueil et qui devra bien se repentir devant moi de son inconséquence d'hier nuit.

Et ils ne détromperaient pas le bailli, Chaumont, Chaudoux et Champeaux, les trois nigauds qui avaient vu dans les bois les cadavres de loups, et que Danlabre, qui s'en désola, voyait à l'instant entrer chez lui.

9

AU MILIEU DE LA MATINÉE, bravant les ordres de Joachim, Fondari décida de déserter son abri sous les toits et de gagner les forêts. Il ne voulait pas renoncer à sa chance, même faible, de retrouver l'ours avant le comte et son piquier. Ayant discrètement quitté la taverne, dépeuplée à cette heure, il marchait maintenant d'un pas vif et comptait sortir de la ville avant que ne cesse la bourrasque qui s'y régalait d'enseignes et d'attifets. Or il se trouva un homme du guet qui ne craignait pas le vent et que Fondari croisa dans une venelle menant à l'église, dernière étape avant la descente vers les remparts, le saut dans le fossé et le franchissement de la contrescarpe. La ganache se retourna sur lui, réfléchit un instant (on n'en pouvait exiger davantage de lui) et bondit en hurlant dans les pas du montreur d'ours. À son appel, ses semblables, réfugiés dans les tavernes qui agrémentaient les abords de l'église, en surgirent, d'abord un peu hagards, mais vite à leur affaire. Espérant forcer un passage, Fondari s'élança sur le plus petit paquet d'adversaires, mais glissa à trois coudées du but. Il ne put conserver son équilibre et tomba sur les marches de l'église. Les soldats étaient à le toucher. Il se releva é sorienté, adressa par réflexe une gourmade au premier des assaillants, chercha une issue, ne vit qu'une porte derrière lui et s'y rua une épaule en avant. Elle céda. Il entra alors dans un petit carré d'herbe rase serré entre le haut mur de l'église et celui plus petit de la cure. Un cul-de-sac.

— Ils sont à mes trousses ! lança-t-il à la première personne qu'il aperçut.

La seule forme noire dans ce pays transi de neige, Fondari l'eut devant les yeux à cette seconde : c'était la douillette du curé Jacquelin.

— Mon fils, il ne s'est trouvé personne ces douze dernières années pour fouler cette terre consacrée sans que j'y aie consenti.

— Personne ?

Fondari vérifia en effet que la cavalcade avait cessé derrière lui.

Le prêtre posa sa main sur l'épaule du fuyard hors d'haleine.

— En vérité, vous êtes le premier.

— Ils m'auraient conduit en prison, mon père, ou peut-être même tué sur place...

— Ici, vous êtes en sécurité. Mais il faudra me dire ce qu'on vous reproche. Ce n'est pas égal aux yeux de Dieu de soustraire à la justice du bailli un criminel ou bien un innocent. Mais je connais un peu les hommes, mon fils, chantonna l'ecclésiastique en entraînant Fondari dans le presbytère, et il m'a semblé que vous releviez plutôt de la deuxième sorte.

De ce qu'alors le montreur d'ours raconta après avoir vu le fond d'un cruchet de vin, le prêtre parut ne rien ignorer. Même Marthe, l'érudite gouvernante aux mains épaisses, hochait la tête en s'occupant aux soins de la maison et ne s'étonna ni de l'arrestation de Fondari, ni de sa comparution devant Danlabre, ni de l'intervention de Joachim qui lui avait sauvé la mise, ni d'aucun autre épisode de ses tribulations, dont le récit se propageait depuis des heures dans Sancerre pour finir comme toujours aux oreilles du curé. Ce ne fut que lorsqu'ils entendirent parler de l'ours que Marthe et Jacquelin trouvèrent à s'effrayer.

— Bueil a beau être un hérétique du plus mauvais bois, je ne lui souhaite pas cette mort, mon fils.

— Je peux encore le sauver, lui et le chef de sa garde.

— Mais il est impossible que vous sortiez à l'instant, mon ami. Tout ce que la ville compte de gardes stationne à coup sûr autour de cet asile. À la nuit, quand vous aurez pris du repos, je vous indiquerai un passage. Mais sachez que, lorsque vous serez dehors, je vous confierai au Seigneur. Moi, je ne pourrai plus rien pour vous.

— Que sera-t-il alors advenu du comte ?

— Ce que Dieu aura permis, mon fils.

Fondari s'éloigna un peu du feu qui commençait à lui grigner les flancs et mit un œil à l'ajour filtrant la lumière du parvis.

— Si j'en crois mon protecteur, Joachim de Bueil, j'aurais plus encore à redouter de ces quatre blondins attroupés là devant que de toute la garnison.

— Le jeune comte n'a pas tort, admit Jacquelin en rejoignant son hôte. Je les connais ! D'extractions diverses, ils ont en commun d'avoir réjoui l'œil du bailli. Cet homme offense le Ciel en privant des familles de leur rejeton pour les contraindre à son service coupable.

— Pourtant, ils lui paraissent sincèrement dévoués.

— Eux ? Ils se feraient couper bras et jambes pour ce sodomite impénitent ! Le premier à droite, là, appuyé sur le pilastre, c'est Rémi, le fils unique de Mahé, le coutelier de la porte Céruse. Tout près, qui lui caresse scandaleusement l'épaule, voyez Béranger, sans doute le plus retors. Celui-là n'a plus d'âme et se laisse aller parfois à des œuvres démoniaques aux dépens d'agneaux aux pâtures ou de marcassins. Il n'a pas de parents et fut ramené par le bailli lui-même d'une course en Sologne. Un peu à l'écart, c'est Thibault, qui chante la moitié de ses mots

et n'a sans doute pas tout son sens. Les Bouillot, dra-
piers à deux pas d'ici, l'ont rejeté pour favoriser leur
aîné. Et voilà que, des deux, c'est justement l'aîné
qui est parti des fièvres l'année passée. Ils n'ont plus
de fils désormais.

— La mort frappe indifféremment les justes et
les méchants, ponctua Marthe, qui ne perdait pas
un mot.

— Le dernier, reprit le curé, c'est Sylvain, un
taciturne, qui fut mon élève car il est catholique,
contrairement aux autres. Ne croyez pas que ce trait
le rachète ! Il est peut-être le dernier à s'engager
dans un mauvais coup mais, quand il s'y est décidé,
c'est lui qui se révèle le plus insatiable. Ah, c'est
bien un attelage de scélérats que conduit Danlabre !
Mieux aurait-il fallu pour les villageois qu'ils mou-
russent tous au sein.

— Je ne comprends pas que le comte permette
ces bassesses.

— Ah, mon fils ! Le mystère n'est pas si grand.
Ce qui tient le cœur de Bueil et forme le visage qu'il
montrera à Dieu lors du jugement, ce ne sont pas
ses goûts pour la guerre ou pour la chasse ni un
caractère qui pour être austère n'est pas exempt
de droiture. Non, ce qui fait que le vieux comte
est l'homme qu'il est tient d'abord à son irréconci-
liable haine des catholiques, et plus encore de leurs
hommes de guerre, qui ravagèrent cette bonne ville
il n'y a pas douze ans. Voilà qui te semblera étrange,

à toi qui nous viens d'un pays où l'hérésie n'a point cours.

— Étrange, oui. Mais en quoi sa haine l'autorise-t-elle à confier sa police à ces fripons et sa justice à leur bienfaiteur ?

— Police ! Justice ! Tu n'y es pas, mon fils, bien que je te trouve l'esprit fort agile pour un simple bateleur. Le but du seigneur du lieu n'est pas la bonne administration des Sancerrois, mais l'éradication de ce que je l'ai moi-même entendu appeler lèpre. Et c'est nous, mon fils, cette lèpre ! Nous les fidèles de la sainte Église romaine et du bon pape Grégoire.

— Je comprends. Même s'il réprouve la conduite du magistrat et de ses spadassins, il leur sait gré de bien faire ce pour quoi il les paie.

— Oui, mon fils. Taxer à outrance les commerces de mes ouailles, bannir ou tuer leurs enfants à la première peccadille, leur interdire collets et cueillettes sur ses terres et autres turpitudes qui finiront par faire triompher les relaps et leur dogme sacrilège alors qu'ils l'ont prétendument abjuré.

— Gardez confiance, mon père. Le comte n'est pas immortel et son fils me paraît mieux disposé.

Jacquelin fit la moue et leva dubitativement les yeux au Ciel.

— Joachim est né faible, hélas. Il n'est pas certain qu'il survive au vieux Bueil. Mais trêve de politique ! Voyons plutôt quelle machine inventer afin de te tirer d'affaire.

10

CES HEURES DE BÊTE À L'AFFÛT et d'hommes du guet tout à leur traque causèrent aux populations une inquiétude comme elles n'en avaient plus connu depuis le siège de la ville. D'un naturel enjoué, prompts d'ordinaire à la danse et aux chansons, hommes et femmes demeuraient le plus souvent chez eux, retenant leurs enfants dans les maisons et, la nuit, barricadaient leur porte à double tour. Craignaient-ils davantage une attaque du monstre ou une visite des satellites du bailli ? Les Sancerrois réduisaient leur activité au nécessaire pour survivre. On négligea de tailler les ceps dans les vignes, on délaissa la coupe du bois dans les forêts, les lingères hésitèrent à descendre au lavoir, le commerce manqua de clients et les clients de commerces, les taverniers remarquèrent que personne n'avait plus soif et on se pressa moins

aux offices, si bien que la peur, vissée au cœur de
chacun et se renforçant du spectacle d'elle-même,
abandonnait les rues et les places aux seuls gens
d'armes. Au milieu de cette résignation générale,
les hommes du bailli étaient à leur affaire, et leur
talent coupable fleurissait partout comme char-
don. Sous prétexte d'enquête, ils s'introduisaient
chez cardeurs ou mandeliers, et les détroussaient,
chahutaient les quelques téméraires ayant voulu
mettre le nez dehors, tourmentaient ceux contre
qui leur caprice les avait excités, et se rendirent
en deux jours plus haïssables qu'en un an de gri-
vèleries, maraudes et carambouilles. Au soir, leurs
bassesses accomplies, ils regagnaient les appartements de Danlabre et, y ayant troqué la rapière
contre cistre et mandore, s'y faisaient flatter à tour
de rôle, qui pour la joliesse de ses airs, qui pour l'à-
propos de ses caresses.

La nuit avait englouti le monde quand, sur l'indi-
cation de Jacquelin, Marthe conduisit Fondari dans
les combles du presbytère par un escalier impraticable pour le curé. De là, la gouvernante désigna
une ouverture dans le toit, que son protégé devrait
gagner en escaladant un réseau de poutres et solives
formant la charpente de la maison.

— Merci, bonne femme.
— Dieu vous ait en sa sainte garde !

Malgré l'urgence, Fondrai marqua une station sur la dernière marche du colimaçon.

— Avant que je disparaisse, allège un peu mon cœur ! Dis-moi s'il est bien certain que le prêtre n'aura pas à souffrir d'avoir abrité un fugitif. Lui, le représentant du pape sur les terres d'un apostat !

Marthe fit une moue qu'elle voulait rassurante.

— Votre scrupule montre la beauté de votre âme, mais il ne faut pas craindre pour mon maître.

— Pourquoi, bonne femme ?

Elle soupira, tentée de se taire, mais Fondari lui semblait si sincèrement préoccupé qu'elle finit par lui répondre :

— Il y a longtemps, lors du siège de notre ville par Claude de La Châtre, gouverneur du Berry et sauveur de Bourges, Isabelle, la femme du comte, se mourait d'avoir nourri à son sein le petit Joachim alors que tout manquait, viande et souvenir de viande pour les adultes et lait pour les petits, qui la plupart étaient morts de privation. Jusqu'au bout, la comtesse, s'oubliant elle-même, pressa sa gorge dans la bouche de l'enfant, qui devait avoir trois ans à cette époque. Or, le jour même de la reddition de la ville, la pauvre femme rendit l'esprit.

— Comment sais-tu cela ?

— Par monsieur le curé. Peu avant sa mort, Isabelle avait demandé à être visitée par un homme consacré. Dans cette extrémité, peu lui importait sans doute qu'il fût catholique ou renégat. Le comte hésita longtemps, puis finit par accepter qu'on allât chercher mon maître qui, bien que prêtre, subissait comme tous les villageois les mêmes torts dus à la guerre et secourait d'ailleurs comme il pouvait aussi bien nos catholiques que les réformés. Cet homme est charitable et il n'y a pas d'autres exemples d'une telle piété en Berry. Il consentit donc à se rendre au château. Une heure après sa bénédiction, Isabelle mourait. Depuis, si le comte ne perd jamais une occasion de vomir des injures sur mon maître ou de le menacer des brodequins et autres tenaillements, ils savent tous les deux que ni le vieux Bueil ni ceux qui s'en réclament n'oseraient nuire au très saint et très bon prêtre ni violer sa porte. Et puis...

Elle hésita encore.

— Quoi d'autre, dis-moi ?

— Si le comte rêve de fouler aux pieds le blason de gueules à la croix ancrée de vair, les armes du gouverneur, il ne touche la croix que pour la baiser. Quoi qu'il prétende, il n'attenterait jamais à la vie d'un prêtre, celui-là non plus qu'un autre.

— Tu m'as rassuré, confia Fondari à Marthe en lui tapotant le bras. Je cours à mon devoir. Prie que je n'arrive pas trop tard.

Ayant dit, le montagnard expert en escalade se hissa jusqu'à un entrait, joignit ses jambes autour, à la force des bras grimpa dessus, de là prit appui pour atteindre une contrefiche sur laquelle il se dressa jusqu'au plus haut chevron, d'où il passa sur le toit

par une tabatière exiguë. À partir de là, il pouvait
atteindre tout point de la ville sans avoir à poser une
fois le pied au sol.

11

L E CIEL SE DÉPLUMAIT un peu sous l'aiguillon du soleil quand Fulbert de Bueil, sous un prétexte que Lacramont feignit de croire, demanda grâce et s'arrêta pour reprendre souffle. Depuis le matin, les chasseurs avaient couvert quatre lieues, le plus souvent à pied, avançant courbés sous les basses branches, ralentis par les ornières, mais n'avaient aperçu que quelques loups fuyant à leur approche et trois lapins engourdis par le froid, qui paraissaient attendre qu'un probable coup de dent les en délivre. Dix fois, qu'il y eût ici un craquement de branche ou là une bourrasque formant un fantôme de neige, le comte avait saisi sa colichemarde à deux tranchants, et le chef de sa garde appelé ses piques à sa main. Mais l'ours ne s'était pas montré.

Les deux hommes décidèrent alors de sortir le lard, les noix et une quade de vin coupé qu'ils avaient réservés dans leurs fontes, et de remettre à l'après-midi la traque de l'ennemi.

Ce fut au moment où son compagnon tranchait un morceau pour Bueil qu'il entendit un grondement semblant venu du fond de la terre. À cinquante pas, une compagnie de corbeaux qui piquait dans des carcasses de loup s'envola comme un seul. On vit alors se former dans la brume une masse qui rappela d'abord à Lacramont l'aspect du four principal du château, ses larges mortaises, sa haute stature, sa bouche à pain rougeoyante.

Le piquier tourna lentement la tête d'un quart de tour vers Fulbert, mais sans quitter le fauve des yeux.

— C'est la bête, monseigneur.

— Elle est à moi, suffoqua Bueil en débectant un carré de couenne.

Or, contrairement à leur plan, l'initiative de l'attaque ne revint pas aux chasseurs.

Pour atteindre les deux hommes, l'ours ne contourna pas le boqueteau derrière lequel il se dissimulait, mais le fendit par le milieu, projetant au-dessus de lui les branches qui cédaient sous sa charge, et battant l'air de ses énormes pattes. Lacramont empoigna ses vouges et se plaça devant le comte alors que leurs chevaux, fébriles depuis le matin, déguerpissaient dans un hennissement d'effroi. La bête s'était arrêtée, proche. Elle tournait sur soi, surprise qu'on lui dispute son repas, et paraissait méditer une offensive, ses muscles frémissant sous son pelage. Lentement, Lacramont défit sa botte d'épieux tandis que Bueil se redressait en craquant de tous ses os, mais l'œil enflammé et son arme à la main. Le piquier ajusta l'ours mais s'avisa que son trait ne le tuerait pas, même lancé à pleine force. Il résolut alors de se précipiter sur lui afin de pousser directement un esponton dans sa poitrine. Il s'élança. La pointe se planta dans les chairs de l'animal, mais elle y fut déviée par un os ; hampe brisée près du fer, elle glissa sur le côté. Déséquilibré par son geste, Lacramont glissa de même. Il évita de rouler au sol en tendant les bras en avant, prit appui sur les mains, puis virevolta pour faire face. Mais il ne put se relever complètement. La bête était déjà sur lui, l'enveloppant de son souffle tiède. Un instant, ils demeurèrent ainsi, immobiles, beaucoup trop proches pour que le chasseur ait pu mobiliser la pique ou l'angon. Quand il défourailla sa dague à deux tranchants pour tenter un coup d'estoc, son adversaire le projeta au sol d'une gourmade. Lacramont gisait maintenant sur le dos. L'ours le regardait de si près que sa blessure à l'épaule dégouttait sur la cuirasse du piquier, dont tout le corps vibrait du grognement sourd de l'animal. La peur à ce moment-là dénuda l'âme de Lacramont. Il recula en se propulsant avec les coudes, à demi enlisé dans une boue marneuse de neige fondue et de feuilles pourries. L'ours alors se redressa. Pour l'homme à terre devant lui, il remplissait le ciel. Il poussa un cri formidable qui traversa Lacramont plus cruellement que le coup d'estramaçon catholique qui lui avait taillé le ventre autrefois. Le piquier se mit à trembler sans pouvoir se dompter ni retenir ses forces, lui si brave mais dont le cœur ne commandait plus aux membres. L'ours alors l'arracha facilement du sol d'un formidable coup de patte, mais ne s'acharna pas sur lui, qui retomba sur un taillis dans une explosion de neige et ne se releva pas.

Maintenant, la bête regardait Bueil.

— Je vais prendre ta vie, maudit !

Le vieux guerrier attendait l'assaut. Par le sang de sa haute lignée, qui avait résisté aux massacres et aux félonies, il jura qu'il ne céderait pas un pouce de sa terre au légat du diable grondant devant lui.

— Approche !

Or, si Fulbert commandait à tout homme en ce pays, l'ours se moquait de ses injonctions, préférant lécher sa plaie à l'épaule. Soudain, son attitude changea. Il avança en balançant sa tête vers Bueil crispé sur son éperon et le bouscula d'un coup de truffe qui fut plus rude que féroce. Le comte s'effondra en geignant sans avoir porté la moindre attaque et ne put que regarder la bête s'emparer du chapelet de crépine et de lard qui aurait dû faire le repas des chasseurs, puis tranquillement quitter la place, satisfait de son chapardage.

Après quelques secondes, Fulbert se redressa douloureusement.

— Maudit ! Je n'en ai pas fini avec toi ! Je clouerai tes pattes sur la maîtresse poutre ! Je ferai ripaille de tes chairs et trophée de ta tête ! Viens me combattre ! Ne te sauve pas en lâche ! N'es-tu qu'un pillard semblable aux corbeaux ? Un charognard ? Toute ta gloire n'est-elle que de rapines ? N'est-ce que pour combler ton ventre que Dieu t'a donné ta force ? Non, tu me dédaignes parce que je suis rompu par l'âge ! Mais je saurai bien te vaincre ! Ah, enfoncer cette lame dans ta gorge !

Bueil avançait au hasard, trébuchant parmi les racines, mais sans cesser de brandir son coutelas.

— Voleur méprisable ! Tu ne vaux rien de plus que les vers qui grouillent sur les cadavres, et ton cœur est plus vil que celui du serpent !

Maintenant, des larmes de colère l'aveuglaient et sa voix mourait au bord de ses lèvres.

Il tomba sur les genoux et continua en pensée d'injurier l'ours, jusqu'à ce que sa rage eût épuisé ses forces. Alors, il versa sur le côté, s'enfonçant à demi dans la neige, et il lui parut que sa vie le quittait.

12

Rémi Mahé, un des quatre valets de Danlabre, avait attendu la nuit pour s'introduire par les toits chez ses parents. S'étant faufilé dans la cheminée et ensuite laissé glisser jusque dans le foyer à l'aide d'une corde, le gouspin alla droit au but malgré l'obscurité et mit la main sur une bonne partie de la recette de la semaine, que le vieux Mahé, à l'esprit moins affûté que ses couteaux, camouflait sous son établi. Son larcin en poche, Rémi remonta par le même chemin et passa tel un chat au pâté de maisons voisin, car tous les toits se tenaient, depuis ceux de la basse ville jusqu'au haut du piton, séparés çà et là par des ruelles qu'un expert comme le jeune escamoteur enjambait sans effort. Peu après qu'il eut ce contact – il n'en supportait aucun autre – avec ses géniteurs, il arriva en vue de la maison du bailli, la sienne aussi depuis que l'on y appréciait son art de réciter des vers, sa complaisance aux caresses et son habileté au combat.

Il ajustait sa coiffure à deux mains en tenant sa bourse entre ses dents quand il entendit un craquement dans une encoignure que la nuit dérobait à sa vue.

— Oh là ! Un rat faisant bombance ?

Rémi tira lentement un stylet de sa ceinture, se délectant de son prochain crime en pinçant sa lèvre inférieure entre ses dents.

— Pas un rat, à ce qu'il semble. Trop gros sans doute. Hé, l'homme ! Ton nom ?

Il y eut un nouveau craquement.

— C'est Rémi, serviteur du bailli, qui t'ordonne de montrer ta trogne.

Le bruit recommença, plus franc.

— Nous y voilà ! Pourceau catholique de retour de godaille ! Tes boyaux sont en débâcle et tu serais bien honteux de te présenter à moi cul nu !

Cette fois, le doute n'était plus permis. « Un coquin s'est caché là, qui en veut à mon ballotin. »

— Jouvenceau coupable d'adultère sur la femme d'un notable ? Non plus. Tu aurais déjà pointé ton nez en suppliant qu'on t'épargne le pilori.

« S'il n'a pas abdiqué toute raison, il a vu qu'il n'a pas affaire à un bourgeois bien replet, comme il les affectionne, et qui se laisse détrousser, ou même assassiner, sans regimber. Alors il se planque, le

94

ragotin, et voudrait bien que le mur où il s'abrite l'avale tout entier. »

— Mais c'est que je ne l'entends pas ainsi, moi, et que je vais aussitôt le débusquer.

Mahé avança de quelques pas décidés.

— Allons, canaille, viens donc à moi !

Une forme alors se détacha, et ce fut comme si la nuit elle-même se séparait d'un morceau d'elle. Rémi prit aussitôt une attitude de combattant, le corps bien groupé sur ses jambes prêtes à la détente.

— Approche, fantôme ! Sors de ton trou !

Enfin, il vit son adversaire se dégager complètement du renfoncement où il s'était tapi, et apparaître en entier sous la lune livide. Un instant stupéfait, le jeune homme baissa son arme, non pas qu'il fût vraiment rassuré, mais par impuissance. Et comme il jetait vers les fenêtres de Danlabre toutes proches un regard où dominait une ingénuité que l'on n'y avait plus remarquée depuis longtemps, il sentit contre son torse un choc qui le projeta loin en arrière.

— Le bailli te tuera, balbutia-t-il avant que le sang n'eût complètement investi sa bouche.

Ayant dit, il sentit le froid de la ruelle où il gisait passer dans sa chair, et son souffle, qui ne parvenait plus à sa gorge, s'exhaler par le grand trou dans sa poitrine.

Au même instant, bien calé dans sa chaise à bras finement ouvragée, Danlabre suivait la ronde de ses laquais lui apportant à boire et manger, des cœurs d'artichaut au foie gras, puis de la tarte à la frangipane, et plusieurs services d'hypocras.

— Alcibiade, Phèdre, Agathon, surnommait-il amoureusement les éphèbes en jouant de leurs boucles à leur passage.

Celui des trois auquel ses parents, meuniers à Bué et qui n'entendaient pas le grec, avaient donné le prénom de Sylvain, prit un cistre et vint s'asseoir aux pieds du bailli.

— Joue pour moi un de tes doux airs, délicat jouvenceau.

— Complainte, annonça le garçon dans un murmure.

Les notes et les mots s'envolèrent en même temps des deux instruments chéris de Danlabre : le cistre et la bouche purpurine de son favori du jour.

« Amour m'a fait un cadeau si précieux
Qu'aucune brume en ce monde ne voile,
Amour m'a fait un cadeau merveilleux,
Qui brille en moi comme au ciel une étoile. »

— Ô mon délicieux, quel est-il, ce cadeau ?

Sylvain sourit, chassa d'un doigt une larme d'émotion au coin de son œil, et donna en chanson la réponse attendue.

« Il n'est pas d'air ni de terre mais de feu,
Il n'est pas d'eau mais il coule en mon cœur,
C'est la bonté que je lis dans les yeux
De mon bon maître qui fait mon bonheur. »

Avait-on jamais entendu plus navrant madrigal en Sancerrois ? Peu importait au bailli, transporté par les dévotions de Sylvain.

– Ô mon ami, tes paroles ailées font vibrer mon âme. Viens à moi que je t'embrasse !

Une brève étreinte s'ensuivit, qu'on aurait dit d'un frêle papillon et d'une globuleuse araignée versicolore. Or la fête ne dura pas et les chemises ne volèrent pas très haut ce soir-là, car en dépit des apparences le bailli était préoccupé. Il congédia bientôt ses fidèles, qui prirent place à quelques pas de lui sur des coussins, et rumina les pensées indociles qui l'encombraient.

Au début de l'après-midi, il avait appris que le comte de Bueil et Lacramont avaient frôlé la mort sur la colline de l'Orme aux loups et que, leurs chevaux dispersés, ils avaient dû regagner la ville à pied, fourbus et sanglants. S'étant présenté lui-même au guichet pour obtenir des nouvelles et montrer sa loyauté, on lui avait dit que le comte se reposait, qu'il ne se remettrait peut-être pas de sa mésaventure et qu'il demandait que toutes visites et ambassades fussent suspendues. Comme chaque fois que la confusion s'emparait de lui, Danlabre, qui cédait facilement à la mélancolie bien qu'il fût un jouisseur, chercha de nouveau une consolation dans la compagnie de ses mignons.

– Je ne vous félicite pas pour vos recherches, mes douceurs, affecta-t-il de gronder. Ni ours ni

montreur d'ours dans vos filets ! Et notre Rémi !
Il tarde encore. Vous verrez qu'il aura mis la main
sur le fugitif, lui, mon beau Charmide.

Le bailli était coutumier de brusques inversions
d'humeur. Ainsi, quoique tout langoureux l'instant d'avant, il fut soudain projeté vers la salle des
audiences par une saillie de sa colère.

— Et Jacquelin ! Ce comploteur à la solde de
Bourges ! Ce bonimenteur catholique ! Voilà qu'il
offre un abri à notre pendard, morbleu ! Traître à
son Seigneur ! Marchand de fables hypocrites ! Que
ses sermons fallacieux tournent en gourme, goutte
et gravelle !

Il débaula en nage parmi une assemblée d'hommes
du guet.

— Et que font-ils chez moi, ces soudards, plutôt
que de pourchasser mes ennemis ? Vous aussi, plu-
mets et niguedouilles, protégez la bête et son maître
en vous chauffant les hémisphères à l'alandier au
lieu de courir les bois ! mordait-il en les poussant
dehors. Tous à la solde de la Sainte Église trois fois
conchiée et de son misérable curé. Que phlegmasie
et anasarque l'emportent !

Or, pendant qu'il suscitait un mouvement
d'hommes vers l'extérieur, le bailli en subissait un en
sens contraire, ce qui augmentait sa fureur et le rendait méconnaissable aux yeux délicats de ses laquais.
On montait chez lui.

– Par les cendres de la Chorropique et de la Chauderon, qu'est-ce que c'est que ce tumulte ?

La bousculade s'atténua un peu. Le brigadier apparut en tête de la ruée.

– Vous, mon officier ? Qu'est-ce que cette tête toute retournée ? On dirait que vous avez vu votre fille gamahuchant l'évêque !

Le gaillard, que Danlabre appréciait pour son dévouement et même sa sagacité bien qu'il le rudoyât souvent, montrait en effet une mine affligée.

– Toi aussi, tu rentres les mains vides. Au moins, ton échec à l'air de te déplaire, ce qui est un avantage sur les larrons impudents qui t'accompagnent !

– Je ne viens pas les mains vides, monsieur.

– Et tu as l'air de le regretter ? Mais non, mon bri-gadier, applaudit Danlabre. Et alors ! Où est-il, ton prisonnier ?

– La mort seule lui fait prison, monsieur. C'est Rémi, votre laquais.

Comme il disait, deux hommes parurent, chargés d'un cadavre.

Le bailli hurla de douleur à travers le masque réjoui qu'il arborait juste avant, et qui ne se déforma qu'ensuite.

– Oh, peste !

Alors qu'il se précipitait, une de ses chaussures à panoufle d'hermine glissa de son pied, mais Danlabre, chacun remarqua cette inconvenance, ne rétablit pas les apparences, et ce fut sur son pied blanc et replet comme un nourrisson qu'il clopina jusqu'à toucher le front sanglant de son favori.

— Charmide si doux ! Mon gâteau ! Ma douceur ! Le préféré de mon cœur !

— Nous l'avons ramassé dans la rue Serpente, monsieur, à cent coudées d'ici, souffla le brigadier en ordonnant d'un geste à ses hommes de se retirer.

Danlabre n'écoutait rien, tendant un bras vers ses trois suivants qui pleurnichaient à l'écart.

— Venez à moi, mes chéris, susurrait-il.

Ils accoururent alors et, tant qu'il resta à leur maître assez d'énergie pour crier son désespoir, ils demeurèrent avec lui.

13

CONTRAIREMENT à ce qu'il avait bien voulu laisser croire, Fondari n'était pas certain que l'ours, à qui l'habitude des hommes avait ôté toute crainte d'eux, ait gardé l'avantage sur les chasseurs. Mais il n'avait eu qu'à franchir la lisière de la forêt pour se rassurer, posant le pied sur une gringuenaude bien dans le genre de son compagnon, abondante et encore tiède. Comme il cherchait en vain des yeux la silhouette du mastodonte dans la nuit, il se redressa en s'aidant du bâton avec lequel il avait assuré sa descente dans les layons de la colline, et le brandit en apercevant une procession de loups passant le détroit tout proche, formé d'un gros orme et d'un rocher luisant de givre sous la lune. Or la meute était affairée à autre chose que la chasse et ne prêta pas attention à lui. Il se mit alors à fouiller les bois. Une grande partie de la nuit, il chercha sa bête, devinant sa piste malgré l'obscurité, l'appelant à travers les halliers, mais nulle part il ne la trouva.

Aux mêmes heures de la nuit, Fulbert s'agitait dans son sommeil. Bientôt, il en sortit en tonnant :

— Ah, ce corps moulu par les ans !

Et il frappait durement sa carcasse, comme si elle était celle d'un autre.

Assis dans une pièce contiguë où il somnolait à peine, Lacramont accourut.

Le comte levait le poing au-dessus de sa tête.

— Je ne suis pas encore aux portes de la mort, prétendait-il.

Il dispersa d'un geste les serviteurs qui le veillaient, mais tendit une main confiante à son piquier.

— Tu verras, mon fidèle ! Avant la pleine lune, j'aurai redressé cette mécanique chancelante et revêtu mon habit noir bien ouvragé, dont la vue propageait hier encore l'épouvante chez l'ennemi.

— Oui, monseigneur, l'épouvante et la déroute.

— Avant la lune ! Avant la lune ! J'aurai lancé mes veneurs et les chiens sur les coteaux de Chavignol. Les collines s'illumineront de centaines de flambeaux et des clameurs retentiront dans toute la contrée.

— Oui, monseigneur.

— Et jusqu'au fief de Sury-en-Vaux, tout accaparé qu'il soit par ces fieffés chanoines de Bourges !

Lacramont n'acquiesça pas à la dernière envolée du comte mais ne le découragea pas non plus de poursuivre.

— Avant la lune, j'aurai abattu cette chimère née des ateliers de sorcellerie du pape, enragea-t-il encore. J'en fais serment. Au poignard ! Où... où est-elle, ma mandousiane ?

— Tout prêt, monseigneur.

Épuisé par l'effort que lui avait demandé cette bravade, le comte retomba sur sa couche en maudissant son sort. Lacramont approcha sa main du front fiévreux avec une douceur étonnante chez lui, et attendit que le vieil homme fût apaisé. Alors seulement, il sortit.

Le robuste guerrier savait que le sommeil ne le prendrait plus cette nuit, déjà plusieurs fois interrompu par le froid ou les délires de son maître. Il résolut donc de s'engager dans la vis des cent quarante marches du donjon, qu'il grimpa jusqu'au faîte comme s'il avait volé. Il n'aimait rien tant que la contemplation des domaines, à l'aube pointant. Mais depuis ces hauts degrés, sous l'image des campagnes tranquilles, il revoyait aussi, avec amertume, les armées de La Châtre alliées à la garde d'Antoine de Bar, seigneur de Buranlure, assiégeant la ville forte, et leur campement bien ravitaillé, alors qu'on mourait de faim de ce côté-ci des remparts. Il se rappelait aussi avec fierté les ripostes héroïques des Sancerrois, les tournoiements meurtriers de leurs frondes, et puis, à la fin, le peuple décimé, vestiges d'hommes, fantômes de guerriers, se rendant à l'envahisseur, et le cadavre de l'échevin Jouhanneau jeté au fond du puits de la halle. Lacramont savait que la tristesse qui avait alors saisi son cœur ne le quitterait plus.

Une voix qu'il n'identifia pas tout de suite murmura derrière lui :

— Tu regardes l'avenir ou le passé, mon ami ?

Surpris, le chef des gardes se retourna comme s'il devait se préparer à combattre, mais il se ravisa en reconnaissant Joachim, tapi dans un renfoncement, le corps enroulé dans un épais tabard à bonne bourre.

— Je suis comme toi, Lacramont. Souvent, quand le sommeil me délaisse, je monte à m'en arracher le souffle les marches de ce colimaçon et guette ici l'aube en rêvant. Comment va mon père ?

— Mal. Il se plaint de fièvres qui le brûlent, et grelotte aussi de froid.

— Vivra-t-il ?

— Je ne crois pas qu'il mène aujourd'hui son dernier combat. Mais il n'est plus jeune...

— Je n'étais pas loin de lui tout à l'heure. Il parlait encore de pourchasser la bête.

— Oui.

— C'est folie !

— Monseigneur...

— Je ne te demande pas de m'approuver, Lacramont. Ta fidélité à mon père te l'interdit et je le comprends.

Les deux hommes se tournèrent ensemble vers la vallée où le jour pointait à peine. Leurs regards se perdirent pendant quelques secondes parmi des milliers d'arbres effanés, armée de spectres, jusqu'au sinueux ruban d'ardoise de la Loire.

Ce fut Joachim qui interrompit leur rêverie.

— Il m'arrive d'envier ta dévotion pour lui et surtout la reconnaissance qu'il t'en témoigne. Moi, son fils, qui vis chez lui et ne suis qu'obéissance, je ne reçois pas le quart de ce qu'il te donne.

— Monseigneur...

— Je ne suis pas envieux, Lacramont, et je suis bien heureux d'être ton ami, mais je souffre aussi de n'être que ce gringalet mal fait pour la guerre et sans goût pour la chasse. Que ce piètre fils, en un mot, d'un si magnifique capitaine... Je pense parfois qu'il aurait mieux valu que la mort me prît enfant plutôt que me laisser à une existence sans but que ne caresse jamais un regard bienveillant de l'homme que j'admire le plus.

— Monseigneur, vous êtes son sang. Le comte espère beaucoup en vous.

— Qu'il espère en moi, voilà justement ce qui me torture ! Car je ne pourrai jamais lui donner ce qu'il attend. Quoi ? Porter l'épée ? Venger les nôtres exterminés jadis par les catholiques ? Ressusciter sa femme, ma mère, qui perdit la vie en sauvant la mienne ? Ah, sa vie à elle que mon père chérissait, et la mienne qui ne lui inspire que mépris !

Lacramont se troubla.

— Non, monseigneur, ne soyez pas injuste avec vous-même. Vous êtes ce que Dieu a voulu que vous soyez, comme chacun de nous en ce monde. Ce qui importe est que tous fassions notre devoir, voilà ce qui plaît au Ciel.

— Tu es bon.

— Tout le peuple de ce comté vous aime, monseigneur, certain que votre règne sera paisible.

Ils demeurèrent encore quelque temps, muets, les coudes appuyés aux créneaux, à déchiffrer les ombres affluant sous la lune.

— Permettez que je me retire, demanda enfin Lacramont.

— Va, accepta Joachim en contenant ses larmes. Et demain, quand vous aurez la bête à portée de piques, protège bien le comte, comme tu fais toujours. Protège-le bien.

14

CETTE NUIT-LÀ, étendu sur le dos, membres écartés, yeux grands ouverts, son chagrin le remplissant totalement, Danlabre ne céda pas un instant au sommeil. Parfois, il se levait dans un sursaut et titubait jusqu'à la chambre voisine, où le corps mutilé de Rémi, allongé au milieu de bougies et de fumerolles d'encens et de cinnamome, était veillé par les autres favoris. Il passait alors près d'eux, ombre muette, en paraissant vérifier qu'ils étaient bien en vie, lançait un regard douloureux au mort, avalait un sanglot et retournait à son cauchemar éveillé. Des années plus tard, alors qu'il aurait accédé à des honneurs plus grands et que l'âge commencerait à le dominer, il s'étonnerait d'avoir, pendant quelques heures une fois dans sa vie, ressenti une pitié qui avait annulé provisoirement, chez lui tourné vers la seule satisfaction de ses désirs, tout souci de soi.

Au matin, délaissant les amples cafetans confectionnés pour lui dans le goût turc qu'il aimait, le bailli revêtit un habit ajusté à son corps, qu'il augmenta par exception d'une cuirasse et d'un baudrier où il suspendit une épée. Il héla sans leur montrer les égards habituels ses trois serviteurs somnolant autour du cadavre du quatrième et commanda le rassemblement de tous les hommes du guet.

Peu après, la cohorte stationnait sur la place et Danlabre leur distribuait ses ordres par l'intermédiaire du brigadier. Les trois quarts du détachement se déployèrent alors dans les rues, selon un plan méthodique, avec pour mission de visiter chaque maison, catholique ou réformée, et d'y dénicher par tous les moyens le montreur d'ours ou une trace de lui. Le quart restant fut préposé à l'encerclement de la cure.

Marthe s'inquiétait en voyant se former le cercle des gueules raides.

— Voudrait-on nous empêcher de sortir, monsieur le curé ?

L'ecclésiastique approcha de ses lèvres le psautier qu'il lisait.

— Non, Marthe. Ce n'est pas la crainte qu'on sorte qui cause ce branle-bas, mais celle qu'on entre.

— L'étranger ?

— Lui. Je crois que le bailli a décidé d'en finir. Mais si je sais encore un peu deviner l'œil et le cœur des hommes, je crois aussi que la fin ne sera pas assurément celle qu'il escompte.

Ayant dit, Jacquelin se mit à lire à haute voix :

— « Si des malfaiteurs m'attaquent pour me déchirer, ce sont eux, mes adversaires et mes ennemis, qui trébuchent et tombent. Même si une armée vient camper contre moi, mon cœur ne craint rien. Même si la bataille s'engage, je garde confiance. » Paroles du Seigneur.

Il avait fait mille fois l'expérience, alors que le danger menaçait, d'ouvrir la Bible au hasard et d'y trouver justement le passage qui devait le réconforter. À voir le visage rayonnant de Marthe, il lui sembla que ce petit miracle d'une coïncidence de la parole éternelle avec la circonstance présente s'était encore produit. Or la suite lui donna l'occasion d'en douter.

Une main ferme frappait à sa porte.

— Ouvrez au bailli !

— Je le fais, obtempéra Jacquelin en levant le verrou. J'entends en confession qui le souhaite et à l'heure qu'il veut.

Danlabre entra, entouré des siens.

— Foin de tes fariboles, grommela-t-il. L'homme que je recherche a séjourné chez toi et j'entends qu'on me dise où il se cache.

– Vos manières prennent un tour qui ne me va pas, protesta le curé.

– J'aurai bientôt d'autres manières qui t'iront moins bien encore si tu ne me dis pas ce que je veux.

Marthe osa s'avancer et barrer de son corps le passage vers son maître.

Danlabre pointa aussitôt son épée sous le menton charnu de la gouvernante.

– Ôte-toi de ma route, vieille guenipe !

– Retirez cette lame, ordonna Jacquelin.

Le curé fut aussitôt agrippé par les trois auxiliaires du bailli et ramené de force à sa chaise.

– Je ne reçois pas mes ordres d'un frocard papiste, grinça Danlabre. Comme magistrat, je procède de l'autorité du seigneur de ce lieu, lequel ne vous tient guère plus en estime que moi. Ainsi, certes contre l'usage, mais peu me chaut, j'investis ce repaire d'idolâtres et y mène à ma guise la chasse à un double assassin auquel vous avez, paire de jocrisses apostoliques, offert par déni de justice le boire et le manger.

À chaque parole qu'il prononçait, le bailli enrageait un peu plus et taquinait de son épée le gosier de la gouvernante.

– Je suis le curé de cette ville en vertu d'un traité, monsieur le bailli. Cette maison et ses occupants sont sous la protection de...

– Fiel et poison ! rugit Danlabre.

Il retourna son arme contre le vieillard.

— Assez, insupportable comédien ! Crois-tu que j'ignore tes manigances ? Eh bien, je dis, moi, que même si nous étions menacés de revoir les armées catholiques à nos portes je vous embrocherais, toi et ta servante, plutôt que de quitter la place sans avoir obtenu l'aveu que j'exige.

Le bailli ne donnait pas le sentiment d'esbroufer, rouge comme son gant, et le curé se mit à craindre pour la vie de Marthe.

— Le comte ne le permettrait pas, bredouilla-t-il.

— Dans sa sagesse, le comte me confie sans restriction les pouvoirs de justice et de police dans toute l'étendue de son fief, et ce n'est pas un papelard chancelant de ton acabit qui me les contestera. Où est l'étranger ?

Jacquelin prit largement son souffle et demeura bien droit.

— Je ne sais pas.

— Prends garde, vieille engeance ! Les trois que tu vois n'attendent qu'un signe pour découper la panse de ta gouvernante. Crois-tu qu'ils hésiteraient ?

— Je pense bien que non. Ceux-là ont abjuré depuis longtemps le saint nom de Dieu. Rien ne s'oppose à leur penchant criminel.

— Mes douceurs, roucoula le bailli. Entendez comme on vous calomnie. Allons, canaille ! reprit-il résolument. Parle ou je te renvoie *in petto* à ton soi-disant créateur.

— Le duc le saura. L'évêque le saura. Le pape le saura. Et de ce crime, il vous faudra répondre, vous et vos affidés.

— Tu n'y es pas, vieillard. Je dirai que tu es mort de ton âge, et ton corps sera enseveli sans que personne n'ait eu à s'en étonner.

— Scélérat !

— Je vois que tu as compris, curé.

— Hélas !

Danlabre s'approcha jusqu'à toucher des lèvres l'oreille du prêtre.

— Parle.

— Votre fureur vous égare, se ressaisit alors Jacquelin. Comment pouvez-vous vous entêter à poursuivre un homme de passage, qui ne peut pas être l'assassin que vous dites ?

— Quoi ! Tu raisonnes, maintenant ?

— Gilles Pastou, le poète, personne ne l'ignorait, était votre informateur et vous rapportait les conversations suspectes qu'il pouvait entendre pendant ses trop longs séjours dans la taverne des Baudin.

— Empoisonneurs catholiques que ceux-là !

Jacquelin ne se laissa pas désarçonner par les invectives et poursuivit sa démonstration :

— Rémi Mahé, comme ces trois-là, était votre serviteur dévoué.

— Souvenir chéri.

— Que voulez-vous qu'un montreur d'ours venu de si loin ait eu à reprocher, au point de les tuer aussi sauvagement, à deux hommes qu'il ne connaissait pas ?

– Sa bête...

– Balivernes ! Sa bête se terre dans la forêt de l'Orme aux loups, plus effrayée sans doute par nous que nous par elle, et n'aurait pu en tout cas montrer assez de discernement pour attaquer précisément deux membres de votre police plutôt que cette enfant de Jeanne, la lingère, ou quelque autre habitant de la ville. Non, le criminel n'est ni l'étranger ni son ours, mais bien un homme d'ici, et peut-être bien un de vos familiers, qui souhaite vous atteindre vous-mêmes, monsieur le bailli, et y réussit d'autant mieux que vous ne songez pas à lui donner la chasse.

Ses yeux fixant les landiers dans l'âtre, Danlabre se mit à chantonner :

– Voyez le plaisant calotin. Ni ours, ni montreur d'ours, ni Centaure, ni Myrmidon, me dis-tu, mais un de mes administrés qui me voudrait du mal au point de massacrer mon entourage...

– Et en commençant par le cercle le plus éloigné, Pastou, afin de retarder votre découverte de son stratagème. Et maintenant, le jeune Mahé. Qui sera le suivant parmi vos valets ?

– Tu délires, vieille besace.

Danlabre avait éloigné lentement la pointe de son épée du cou de Marthe et la laissait encore plus lentement se rapprocher du sol, interdit. Il se ranima soudain.

— Mon raisonnement est impeccable, tout au contraire, et je crois que vous commencez à le comprendre. Alors ne vaudrait-il pas mieux entreprendre aussitôt de pourchasser l'homme qui a juré votre perte et qui, en attendant, vous arrache un à un vos soutiens, plutôt que de courir après un étranger débonnaire et son animal de foire ?

La perplexité du bailli dura peu.

— Tu n'y es pas, curé. Si un sot a décidé de me tuer, que ne l'a-t-il fait déjà ? Parce que, me diras-tu, je sors peu par ces grands froids. Certes, mais tu dis encore qu'il s'agirait d'un familier. Or un familier peut bien à son aise me tuer chez moi.

— Il conçoit peut-être que ce serait trop évidemment signer son crime.

— Tu n'es pas idiot, curé. Par tes fantaisies, tu as réussi à différer un peu le supplice de ta gouvernante.

— Je pense ce que je dis, s'insurgea Jacquelin.

— Dis plutôt que tu crois le penser, vieillard. Sache qu'aucun de mes familiers ne pourrait se changer en mon meurtrier, car je n'ai pour familiers que ces anges de chair que tu vois ici, et que c'est un assassiné que je compte hélas parmi eux, pas un assassin. Que me voudraient-ils du mal, ces séraphins l'emportant en tout point sur tes papillons liturgiques ? Non, ils sont mes aimés, mes fidèles, mes douceurs, mes gâteaux.

— Indécence !

— Allons ! Que j'embroche la gouvernante. Et pas à la façon que sa pieuse continence lui ferait secrètement espérer, non, mais d'un coup de cette lame bien effilée. À moins que tu ne te décides à délier un peu la bourse de tes pitoyables secrets de confession. Allons, parle ! Tu sais que je n'ai ni crainte du Ciel ni amour de mon prochain !

— Je le vois bien !

— Tu sais que je me moque de la réprobation morale et que le remords est le seul luxe dont je sois incapable de jouir !

— Je le regrette !

— Vas-tu parler ?

L'arme de Danlabre s'enfonça d'un ongle dans la gorge épaisse de Marthe et du sang y perla. Elle recula en produisant un petit glapissement qui ruina la fermeté de Jacquelin ; tandis que les aides du magistrat ramenaient rudement la pauvre femme à son supplice, il céda.

— Par ma foi, j'ignore où se cache Fondari. Je ne nie pas qu'il soit arrivé chez moi et que je l'y aie accueilli, mais il n'y est plus.

— Et encore ?

— Je ne doute pas qu'il reviendra. Et alors...

— Et alors ?

— Je lui demanderai de se livrer.

— Le fera-t-il ?

— Oh, que Dieu me secoure !

Le bailli insista en s'apprêtant à transpercer le cou de Marthe.

— Le fera-t-il ?

Le curé murmura une phrase comme en rendant son dernier soupir :

— Avant demain midi, il comparaîtra devant vous.

À ces mots, Danlabre dut s'estimer satisfait car il rengaina son épée et partit sans ajouter un mot, ses trois laquais à sa suite.

Dès que le bailli et son aréopage eurent quitté la place, Fondari s'y présenta. Il avait glissé de toit en toit jusqu'à celui de la cure depuis une échauguette des remparts où manquait la sentinelle. Quelques villageois avaient braqué un œil vers cette ombre à peine aperçue au-dessus d'eux, mais ils finirent par admettre que la cause du frisson qu'ils avaient ressenti à son passage était plutôt le vol d'un couple de corbeaux que la cape d'un montreur d'ours.

Heureux de revoir ces visages amis suspendus dans la bonne lumière du foyer, Fondari s'assombrit en découvrant mieux celui du curé, inhabituelle-ment fermé. Jacquelin pressait un tampon de linge vinaigré sur la petite plaie au cou de sa gouvernante ; il leva à peine le nez pour accueillir le fugitif.

— Mon fils, le cas est difficile. Le bailli n'aurait pas hésité à tuer Marthe sous mes yeux.

Fondari s'assit sur la pierre de la cheminée, la tête dans ses mains, et demeura longuement silencieux.

– Pourquoi s'en est-il pris à elle ?

Il n'attendit pas que le prêtre réponde.

– Oh, je la connais bien, la raison de ce crime. Le bailli a juré de me voir mort. Et comme il a su par ses mouchards que vous m'aviez accordé votre protection, il s'en est pris à vous.

Le curé et Marthe acquiescèrent tristement.

– Mais comme il savait que tourmenter votre corps, mon père, ne lui rapporterait rien, il a voulu tourmenter votre cœur en menaçant d'égorgiller votre bonne Marthe.

Nouvelle approbation de Marthe, nouveau signe d'accablement de Jacquelin.

Plein de pitié, Fondari les regardait tour à tour, assis chacun sur sa caquetoire, yeux baissés. Or la compassion n'endormait pas sa pensée.

– Mais si Danlabre venait vous sommer de me livrer, et s'il est reparti sans avoir eu sa ration, pourquoi n'a-t-il pas assassiné votre gouvernante, lui que vous en disiez capable ? Et s'il ne l'a pas fait, n'est-ce pas qu'il est reparti avec ce qu'il était venu chercher ?

Jacquelin ne chercha pas à esquiver la question.

– Pour apaiser la peur des Sancerrois et de tout le comté, il faut un coupable au bailli. Une bête terrifiante menée par un étranger, voilà à ses yeux l'idéale combinaison du crime. J'ajoute que Danlabre a un nouveau motif de vous pourchasser, l'ours et toi.

– Lequel ?

– L'apaisement de sa propre colère et de son propre chagrin, car un de ses quatre varlets de comédie vient d'être assassiné. Je prie pour la rémission de ses péchés, qui sont grands, et le salut de son âme, qui ne l'était pas.

Fondari se redressa, lançant autour de lui des regards graves, comme si une armée de démons se pressait contre les murs de la cure, dernier refuge de la vérité, et qu'il ne devait compter que sur ses seules forces pour leur en défendre l'accès.

Le curé s'approcha de lui à petits pas, leva péniblement une main tremblante vers son visage et la posa sur son haut front boucané.

– Mon fils, je ne te l'aurais certes pas caché, tu l'as d'ailleurs compris toi-même, le bailli est bien ressorti d'ici avec ce qu'il était venu y chercher : je l'ai assuré que tu te livrerais à lui demain avant midi.

Fondari hocha plusieurs fois la tête en silence.

– Cette promesse me laisse peu de temps pour faire surgir la vérité.

Le curé sourit malgré lui.

– Que te mêles-tu de faire surgir la vérité, toi ! Je n'ai jamais vu un montreur de fauves conduire une enquête de police.

– Peut-être n'en aviez-vous jamais rencontré auparavant.

– Sans doute, mon fils. Mais on ne les répute pas si avisés que toi. D'où te vient ton agilité d'esprit et de discours ?

— C'est qu'en toutes saisons je cours le pays, mon père. Je n'entre que dans les bonnes demeures, catholiques ou non. J'y donne un spectacle dont les cours se délectent, et il n'est pas rare qu'ensuite un seigneur me retienne quelque temps auprès de lui. Certains sont gens de savoir et m'offrent de le partager. Ainsi, l'hiver dernier, je fus accueilli dans la citadelle cévenole nommée Le Vigan par un chevalier que mon art avait captivé et qui ne consentit à me laisser partir qu'après avoir disputé avec moi de toutes les questions de métaphysique qui l'occupaient alors. Celui qui commande à un fauve, prétendait-il, doit en connaître plus qu'un autre sur les engrenages de la nature.

— Les réformés sont décidément entêtés à chercher ce qui est pourtant tout trouvé par la Révélation. Signe d'orgueil ! Méfie-toi de ces renégats, mon fils, qui flattent le penchant des âmes sans tuteur à défigurer Dieu aux fins insensées de se le rendre proche.

L'acquiescement que fit le Savoyard parut manquer un peu de conviction aux yeux de son confident. Chacun devina la pensée de l'autre, et ils en sourirent.

— Et moi, dînant le jour de bon gibier, dormant la nuit sur une couche mollette, ravi d'airs de luth à toute heure, j'ai bien pu supporter cette philosophie et la supporterais encore si l'on m'y invitait.

— Ils ne sont donc pas tous confits de tristesse, ces impies ! Et, dis-moi, quand tu n'es pas à élever ton esprit en fréquentant chez les gentilshommes, comment t'arranges-tu pour passer les octrois avec ta bête et échapper aux brigands qui abondent dans nos régions. N'as-tu jamais eu à te défendre de ces détrousseurs ?

— J'ai bien aperçu çà et là quelques margoulettes torves dans les fourrés, mais pas une qui manifestât assez d'audace pour tenter de marauder un homme dont le compagnon est un ours.

— Il est vrai, sourit Jacquelin, qu'on peut être dépourvu de toute moralité et montrer quand même un peu de jugement, ce qui prouve l'excellence de la première et la vulgarité du second, puisque même les fripons en sont pourvus. Pour l'heure, celui auquel tu dois échapper est, paraît-il, un bailli et tu n'auras pas trop de toute ton industrie pour cela. Comment comptes-tu faire ?

Fondari désigna un morceau de pain sur la table et, avec les yeux, demanda à Marthe s'il pouvait en prendre une bouchée. La gouvernante l'invita aussitôt à s'octroyer le tout. Tandis qu'il mangeait, il répondit posément au curé :

— Je prouverai que mon ours n'est pas avisé au point de ne choisir pour repas que les hommes d'un magistrat ni pour se cacher en ville entre deux assauts. Et que s'il n'est pas le criminel, il faut bien que c'en soit un autre.

— Ambitieux dessein ! nota Jacquelin en tisonnant l'âtre. Rappelle-toi que tu n'as que jusqu'à demain.

— J'y cours à la minute, mon père.

— Que Dieu te garde !

Par le chemin des toits qu'il avait emprunté pour arriver à la cure, Fondari passa de maison en maison, à l'insu de leurs habitants et des patrouilles, et toucha les remparts en moins d'une heure. De là, il fut en quelques enjambées au milieu des bois.

15

LA LUNE PARESSAIT encore dans son édredon de nuages quand les trois valets du bailli investirent l'auberge des Baudin. Tandis que Sylvain s'asseyait à l'entrée, désigné pour en barrer l'accès à quiconque, les deux autres gagnaient l'appartement des taverniers avec l'agilité de chats.

Entrant dans la chambre où bruissaient deux forges, la femme et le mari, les intrus ne prirent pas la précaution de se présenter selon les formes : ils sautèrent à la renverse sur le lit. Le cri que l'on entendit alors, si proche de celui du cochon à l'approche du couteau, fit même tressaillir le hibou du clocher de Saint-Jean.

Encore mal rassemblée, bonichon à la dérive sur son impétueuse tignasse, la femme hurlait sans discontinuer :

– Quoi qu'c'est-y ? Quoi qu'c'est-y ?

— Ne bouge pas de ton pucier, commanda Béranger.

— Et v'là qu'on m'parle, maintenant ! Ce s'rait-y la Mort qui vient m'prendre ?

— C'est possible, s'amusa l'estafier à visage d'ange.

— Mon homme ! Eh, mon homme ! Vas-tu m'laisser emporter sans avoir cessé de ronfler ? Et toi, ma visiteuse ! Qui t'envoie ? Un de ces soulas qu'aura fini par passer à cause de mon vin ? L'père de mon mari, fâché de l'usage que j'aurais fait d'sa mortaille ? Un créancier qu'aura claboté avant qu'j'y r'dépoche ma dette ? Oh là là ! J'suis pourtant pas si mauvaise qu'on coupe déjà ma tige ! Et mon mari, qui qu'c'est qu'en prendra soin désormais ? Et d'l'auberge ?

— Arrête de glapir, dit Béranger en allumant une bougie dont la bobèche luisait à la lune. Ce n'est ni Ciel ni Enfer qui nous envoient, mais le bailli.

La gargotière s'alarma de plus belle en découvrant les blondins.

— Ah ! Mon homme, mon homme !

Le buvetier commençait à grogner, débuchant à demi de sa goberge.

— Ah mais, quoi donc qu'c'est-y que c'papafard ?

— C'est point la Mort, mon mari, mais ça nous est pire ! Les valets du bailli !

Bien réveillé désormais, Baudin s'épouvanta.

— Eux ? Où ça ?

Béranger répondit lui-même, comme en mordant :

— Devant toi, vieille bosse !

Il se mit à tirer l'oreille du bonhomme tel le bouchon d'une bonbonne récalcitrante, pendant que Thibault se ruait sur la femme et s'accrochait à sa poitrine de toutes ses griffes.

— Sais-tu ce qu'on raconte de nous, artoupian catholique ?

La douleur ôtait presque son souffle au mastroquet.

— Je le sais, messire, je le sais, gémit-il.

— Eh bien, ce n'est rien comparé à la vérité. Sais-tu pourquoi ? Parce que ceux qui ont connu la vérité ne sont plus en état de la dire.

— Quoi don' qu'vous nous voulez ? pleura la femme sans pouvoir se défaire du rossard agrippé à elle.

— L'étranger a dû passer par chez vous, gredins. Et il y est peut-être encore. C'est lui qu'on veut. Sinon, il y aura bientôt le feu à l'auberge.

Baudin sursauta tout en frictionnant l'oreille que Béranger venait de lâcher.

— Pas l'feu, messires !

— L'étoupe est déjà prête qui fera flamber tes tonneaux si tu ne me dis pas où est passé le montreur d'ours. La bête a échiné le rimeur Pastou et notre Rémi. Le bailli les veut tous les deux, elle et son maître, avant demain à midi, la première découpée et jetée aux chiens et le second pendu.

— Comment qu'on saurait où va s'terrer c't'engeance, messire ? protesta la femme.

En voyant la mine de Béranger se rembrunir, Baudin abdiqua tout courage.

– Pour la bête, on ne sait rien.

– Et pour celui qui la mène ?

– C'est l'fils de not' seigneur, messire. Y a pris pour ainsi dire ce drôle sous sa protection et nous a fait jurer d'n'en rien raconter. Oh... Parjure vaut mieux que brûlements ! J'm'en confesserai ben ! Y nous a dit de garder l'grand noiraud, se débonda l'aubergiste, et pis c'est c'qu'on a fait... mais d'puis, y est reparti Dieu sait où. Je jure ben par tous les saints qu'y n'y est plus, messire.

– Joachim, tu dis ? Le rejeton de Bueil complotant avec des papistes ? Attention, patte-pelu ! Si tu m'as menti, il y aura le feu à l'auberge et toi au milieu. Et on y mettra aussi le cureton, qui doit nous livrer l'étranger avant midi et qui bien sûr ne le fera pas, ce professeur de mensonges à la solde de Bourges ! Et on y mettra aussi toute la canaille catholique !

– Oh non, messire ! Pas l'feu ! Pas l'feu ! J'ai dit qu'la vérité.

Béranger resta un moment silencieux, les yeux arrimés à ceux de Baudin, puis il adressa un geste à son compère, et tous les deux s'éclipsèrent sans laisser trace de leur venue, sauf une rougeur persistante à l'oreille du tavernier.

16

FONDARI AVAIT DE NOUVEAU couru les bois toute la nuit à la recherche de son ours, mais ne l'avait pas trouvé. Croyant deviner ses yeux entre des branches ou sa silhouette parmi les rochers, il l'avait appelé cent fois, sa voix mêlée au cri du hibou ou au bruit d'une branche craquant dans son fourreau de givre. Peu avant l'aube, trop faible pour regagner la ville et comme écharpé par le froid, il était tombé sur les genoux, ses paupières se fermant malgré lui, et avait bredouillé, résolu à mourir, la seule prière de son enfance dont il gardait le souvenir. Des formes grises glissant sous la lune, son inquiétante escorte depuis des heures, furent sa dernière vision avant qu'il ne s'effondre.

Allongé sur le dos dans une gangue de neige, les membres engourdis, il ne sentait plus le froid, sinon celui qui avait investi son âme. Le vent était tombé et les autres bruits habituels de la forêt, sauf le lointain croassement d'un corbeau, ne lui parvenaient plus. Il pouvait cependant entendre les minuscules crépitations des cristaux de glace en formation, ces milliers de petits engrenages qui peu à peu s'aggloméraient en caillots et finiraient par le recouvrir tout entier, ne laissant de lui que la fugace amertume d'un regret dans le cœur d'un jeune comte et d'un vieil ecclésiastique. Fondari ressentait aussi les étapes de sa propre cristallisation, comme si son sang déjà pailletait et ne trouvait plus son passage dans les petits vaisseaux, ni bientôt non plus dans les gros. Deviendrait-il semblable à ces branches dépouillées, dont il devinait à peine les ombres projetées sur ses paupières par la première lumière du jour ? N'être plus qu'un élément de la grande machine de l'univers, ni plus ni moins important qu'un prince ou qu'un bailli, qu'un caillou ou qu'une étoile, il commençait à l'accepter.

Soudain, un bruit singulier lui parvint, qui aurait paru indéfinissable à beaucoup, mais qui n'eut rien de mystérieux pour un homme qui avait passé des années à courir les campagnes, et bien des nuits le dos appuyé au tronc d'un arbre : les loups qui l'avaient épié toute la nuit avaient fini par se rassembler à dix pas de lui, et c'étaient leurs frôlements que Fondari percevait. Il fit un effort pour ouvrir les yeux, songeant qu'il valait mieux paraître vif que mort devant ces affamés, et tourna lentement la tête de tous côtés. Les loups se tenaient autour de lui, les oreilles bien droites, de toutes tailles, tenant chacun sa place dans le rigoureux ordre protocolaire des meutes, et ils le fixaient unanimement des yeux.

« Depuis combien de temps êtes-vous là, à négocier entre vous la répartition de mes morceaux ? » Comme il avait un peu reconstitué ses forces et que la tentation de mourir aujourd'hui ne le chatouillait plus, il chercha du regard quelle branche ou racine à portée de main pourrait lui servir d'arme. Le premier fauve qui passerait à l'attaque, il fallait non pas qu'il se contente de le blesser ou de seulement l'effrayer, mais qu'il le tue ; son cri d'agonie provoquerait une brève épouvante chez ses congénères, et laisserait peut-être à la proie le temps de fuir. On vit d'espoir, même à l'heure de la mort ! Mais Fondari ne trouva ni branche, ni racine, ni pierre qui auraient pu lui être utiles. Alors il se résolut à ne compter que sur ses propres forces. Il se leva, aussi lentement qu'un papillon s'extrait de sa chrysalide, sans montrer le moindre énervement, secoua ses frusques trempées et attendit, trop faible pour attaquer, mais décidé à défendre.

Or les loups ne se jetèrent pas sur lui comme ils auraient fait sur un autre animal aussi mal en point. Ils demeurèrent tapis à quelques coudées et ne finirent par resserrer leur cercle qu'à petits pas hésitants, ventre à fleur de sol, comme s'ils craignaient une ruse de celui dont les vêtements étaient imprégnés de l'odeur d'un plus terrible prédateur qu'eux.

Puis ce fut l'attaque. Le plus vieux loup, un pelé que des années d'audacieuses rapines avaient laissé borgne, mordit le premier, à la jambe, à travers la culotte, signal pour les autres que leur repas pouvait commencer. Fondari venait de s'écrouler sur les genoux, paralysé par la douleur. Avant qu'il ait pu se relever, il y eut trois puis six loups autour de lui, à le fouiller. La douleur augmentait intolérablement, le privant de toute énergie. Il put cependant se redresser sur ses coudes et adresser un coup de pied au borgne au moment où l'habile capitaine remontait à l'assaut. Cette parade parut semer la confusion chez l'ennemi, mais Fondari savait que rien dans sa contre-offensive désespérée ne justifiait que la meute batte en retraite ; si elle s'était repliée à quelques pas, c'était afin d'organiser la curée.

Après que les officiers au sombre pelage eurent chuchoté les consignes du borgne aux oreilles des novices, tous, vassaux et valets, s'apprêtaient à bondir de nouveau. À cet instant, que Fondari crut le dernier, déboulant du coteau dans une tornade de neige et produisant un mugissement dont chaque feuille de la forêt frissonna, l'ours surgit au milieu d'eux, l'échine hérissée comme on la prête aux dragons et ses babines retroussées découvrant des rangées de crocs effroyables. La confrontation fut brève. Par des mouvements à la fois vifs et amples, il griffa et déchira, des plus téméraires il fit trois cadavres, le borgne et ses deux plus proches lieutenants, et finalement fit refluer la horde. Ensuite, léchant ses plaies, il s'aplatit près de Fondari, qui avait encore la force de sourire et de murmurer des bontés pour son sauveur, mais ne pouvait pas se relever. Voulant lui administrer une médecine que des millénaires de tradition forestière lui avaient enseignée, l'ours poussa alors de sa truffe le corps gelé jusqu'à le faire rouler dans un fossé.

— Oh, mon ami ! Tu voudrais me tuer après m'avoir délivré de ces diables ? protesta l'homme en essayant de s'asseoir.

Jugeant que le traitement ne suffisait pas, sa bête dévala la courte pente et souffla sur le visage de son maître plusieurs mesures de bon air chaud qui, bien que nauséabond, le ragaillardit enfin.

— Voilà, voilà, mon ami, pleurait Fondari en s'agrippant à la fourrure. Je crois que je n'ai plus le droit de mourir, maintenant.

Il fit un effort pour se hisser sur sa jambe valide en s'appuyant sur l'ours et toucha en grimaçant son autre jambe, meurtrie par le borgne. Puis il porta son regard sur les hauteurs de la colline proche.

— Nous allons à la ville, mon ami. Et Dieu veuille qu'on y arrive avant midi.

17

D ANLABRE CRACHA en éloignant de lui les cra-
quelins dont il avait commencé de déjeuner.

– Que me dites-vous, mes chérubins ? Le jeune
comte fréquente chez les catholiques ? Il dissimule
chez eux un fuyard et un assassin ?

Il s'approcha de sa fenêtre, d'où l'on apercevait
le château.

– Mais alors, je le tiens, l'avorton ! Son père ne
lui pardonnera pas ce commerce. Et sans doute, mes
chers élèves, si cette annonce ne le tue pas, il accom-
plira de ses propres mains ce qu'il y a douze ans le
général de La Châtre lui-même avait manqué : ôter
la vie à son fils. Il y tient d'ailleurs si peu, le pauvre
enfant. Le moindre vent l'éparpille, le soleil le traverse, la nuit l'efface, le gel le brise et la pluie le fait
fondre. Et que croyez-vous alors qu'il adviendra ?
acheva le bailli en écartant les bras pour y accueillir

ses fidèles. Nous serons les maîtres de ce comté, sans limite ni contredit. Pour peu que Fulbert demeure en vie jusque-là.

Danlabre passa alors dans sa chambre, se planta au centre et fit des gestes de doigts comme d'ailes de moineau afin qu'on le vête sur-le-champ. Renonçant à l'or et à la pourpre, il exigea son habit le plus austère, aussi noir que lui-même était blanc, car les nouvelles du matin l'avaient décidé à se rendre au château et il savait que le vieux Bueil ne supportait rien moins que les bigarrures.

Danlabre choisit de traverser la ville à pied, jugeant utile qu'en ces temps de trouble la populace pût remarquer que son bailli ne cédait pas à la peur ni au chagrin et que les affaires de la cité demeuraient en de bonnes mains. Flanqué de ses trois aides, à l'œil de qui rien ni personne n'échappait, il longea les échoppes des menuisiers s'activant sur des merrains et celles des étameurs qui ralentirent leurs coups sur son passage, les auberges jouxtant l'église et les marchands de colifichets, puis il arriva devant les grilles de la forteresse.

Le guichetier ouvrit promptement la porte.

– Cours m'annoncer ! commanda le bailli. Et vous, mes fidèles, demeurez à l'huis en attendant mon retour.

Il pénétra dans la cour, où quelques poules cueillaient leur pitance dans les joints de terre entre les dalles, et sur son pas le plus solennel entra dans le château. Il y croisa deux ou trois lingères aux joues bleues de froid, et aussi le piquier Lacramont. Debout devant une forge, le chef de la garnison surveillant le travail de fonte et façon de ses nouvelles pointes de lance. Il ne manifesta aucun plaisir à voir le magistrat. Il sembla même à Danlabre que l'œil rescapé du soldat luisait de mépris.

— Curieuse ambassade ! Ce n'est pourtant pas jour d'audience ! se moqua le colosse.

— Le mandat que j'ai reçu de notre seigneur me distingue du vulgaire pour les audiences comme pour le reste, fit remarquer Danlabre.

— La bête ne distingue pas, elle, entre gens de qualité et paysans, à ce que j'entends. Crois-tu vraiment que tes spadassins en viendront à bout ?

— Je doute moins de leur adresse que de ta force. T'en reste-t-il d'ailleurs une once, après ta chasse malencontreuse ?

— Assez pour cueillir au bout d'une pique n'importe quelle volaille au jabot fleuri !

La main de Lacramont s'était mise à caresser d'un peu trop près une lame rougeoyant dans les braises.

— Leur art de la conversation m'a toujours ravi chez les hommes de troupe, persifla encore Danlabre en s'éloignant à temps.

Il s'engagea dans un colimaçon dont l'ascension lui fut malaisée, et déboucha à bout de souffle dans une salle grande et nue, où Bueil avait coutume de faire patienter ses visiteurs.

– Monseigneur va vous recevoir, monsieur le bailli, assura un huissier en trottinant vers la sortie.

Constatant que, conformément à son souvenir, on n'avait disposé ni chaise ni banc dans cette antichambre glaciale, Danlabre, afin de tromper sa fatigue aggravée d'impatience, s'approcha à pas feutrés de la salle contiguë, celle où étaient cloués sur des poutres les trophées des chasses de Bueil. Il y surprit par l'entrebâillure de la porte quelques soupirs d'effort et jurons étouffés, puis entendit une voix tonitruante l'appeler par son nom. Tel était bien le secret de l'ascendant du comte sur son bailli, plus assuré que celui que confèrent titres et lignage : un timbre de trompe que l'âge n'avait pas amoindri, qui suspendait tout avantage d'esprit dont le bailli aurait pu se targuer, et le laissait aussi tremblant que brindille au vent.

Le magistrat salua aussi bas qu'il put.

– Monseigneur, je suis bien aise de vous découvrir si vigoureux malgré votre récente épreuve. Aucune, semble-t-il, ne vous terrasse. Par les saints innocents, la véritable forteresse de Sancerre n'est point de moellons, mais de chair et d'esprit. Et ce sont les vôtres, monseigneur.

Bueil, malgré ses courbatures, avait tenu à recevoir debout son visiteur, mais il n'était pas disposé à le laisser abuser de son temps.

– Foin de ta rhétorique, Danlabre. Allons vite !

Le bailli rejoignit le comte près de l'étroite fenêtre où il s'était posté afin d'observer sa ville et, au-delà, son fief noyé de brumes.

– Je ne suis pas porteur de bonnes nouvelles, monseigneur.

– Depuis la mort de mon Isabelle, affamée et humiliée par ces pourceaux de La Châtre et Sarrieu, je n'attends plus rien de bon en ce monde. Qu'y a-t-il donc ?

– La sédition est dans vos murs.

Le sourcil buissonnant du comte forma *illico* un angle aigu au-dessus de son œil.

– On trouve tout dans mes murs, Danlabre. Sédition sans doute, mais aussi cupidité, impiété, envie, et même, à ce qu'on murmure, luxure et gourmandise, acheva-t-il en toisant gravement son magistrat.

Rougissant, le mafflu voulut dissimuler sa confusion en baissant la tête, mais ne fit en cette manière qu'avouer ses faiblesses.

– Allons, parle, tonna Bueil. Mes douleurs et toi me rendez nerveux.

– Les catholiques ont fourni un abri à l'étranger que j'avais arrêté l'autre soir.

– L'étranger ? Celui que mon fils a soustrait à notre justice ? Celui dont la bête m'a fait ça ? s'étrangla le comte.

Comme il parlait, il découvrit son flanc, éraillé non par des dents mais par une chute en arrière face à l'ours, version que sa mémoire n'avait pas retenue.

— Ce sont les Baudin, monseigneur, qui se sont montrés rebelles aux arrêts que je rends en votre nom. Et je sais que le curé les en approuve.

— Ce facétieux sermonnaire !

— Lui-même.

— Toujours à rôder dans les hameaux pour voler des âmes à la vraie foi ! Et voilà qu'il conspire, maintenant ?

— Tandis que cet étranger maléfique dresse sa bête contre mes gens et tout le peuple de Sancerre, Jacquelin n'a en tête que de défier mon autorité et donc de diminuer la vôtre, monseigneur.

— La peste soit de lui et de ses brigues ! Mais c'en sera bientôt fini, bailli. Que je sois rétabli et je mènerai une nouvelle guerre à bêtes et hommes hypocrites, et à Bourges, et au félon qui la gouverne, et je les ferai tous pendre ! Chaque arbre du comté leur sera gibet, et chaque fossé, cimetière.

Comme la colère le submergeait, il sembla que le corps de Bueil menaçait de se disloquer et que toutes les forces du vieillard se consumaient à le maintenir.

— Il suffit, Danlabre. Il ne faudrait pas que ma vie me quitte avant que j'aie pu vaincre mes ennemis.

— Encore un mot...

— Eh quoi ? Le feu à mes domaines ? La peste dans mes troupeaux ?

— Le feu, monseigneur, et la peste, mais dans votre propre famille.

Bueil porta la main à la terrible plommée qui lui pendait au côté.

— Que dis-tu ? chevrota-t-il.

— Rien dont je n'ai la preuve absolue, monseigneur.

— Et qu'est-ce donc ? Parle !

Danlabre se racla la gorge pour affermir sa voix, puis il asséna les mots qui allaient le venger aussitôt des rebuffades et vexations que le vieux lui faisait subir à l'envi.

— Votre fils, Joachim.

— Eh bien, sur quelle branche s'est-il encore posé, cet oiseau-là ?

— Monseigneur, le Ciel permit que ce soit lui qui protégeât le fuyard.

— Que dis-tu ?

— Lui qui exigeât des Baudin qu'ils le cachent chez eux.

— Qu'à l'instant je voie tes tripes si tu me mens !

— Lui qui passât son temps à détruire ce que je construis et qui mît en péril votre souveraineté même.

Les vociférations de Fulbert firent longuement place à un silence de consternation.

— Mon fils, articula-t-il finalement.

Mais ses mots trébuchaient dans sa bouche.

— Ah, mon Isabelle ! Que ne lui as-tu retiré ton petit sein tari de lait ! Lui, vivant de la mort de ma femme, tu dis qu'il en est à me trahir, mon bailli ? Moi, son père et seigneur ?

– Hélas.

Fulbert se tut, accablé, le front contre un linteau. Toute sa fierté luttait pour démentir les paroles du bailli, mais tout son jugement les confortait.

Avant de reprendre son boniment, Danlabre laissa passer le temps nécessaire à la raison de son maître pour l'emporter complètement sur sa fierté, mais, passé ce délai, il fut empêché de poursuivre. Au moment où il allait dévoiler le plan qu'il avait conçu pour confondre ses ennemis, il y eut en effet un mouvement dans la rue, en contrebas du château, qui détourna son attention.

Bueil aussi en fut surpris.

– Où courent tous ces drôles ?

Le vieil homme avait penché son front mélancolique à la croisée. Le bailli s'y hissa avec peine et, s'agrippant à la pierre, laissa voir malgré lui la happelourde qui ornait son doigt et qui dérogeait aux consignes de rigueur qu'il s'était imposées au moment de paraître au château. Il vit l'œil désapprobateur du comte et bredouilla une formule d'esquive.

– C'est à croire qu'une force dans la vallée attire tous les habitants des rues hautes, monseigneur.

– Une force ? Trop de forces s'exercent sur mes terres dont je ne suis plus la source. Va voir ce que c'est.

– Je termine d'un mot mon...

– Un mot n'y suffirait pas, je crois. Pars d'abord en quête de ce nouveau mystère. Tu reviendras ensuite et nous déciderons alors de ce qui convient.

Le bailli ne protesta plus, mais quitta la place à regret. Il pressa le pas vers la sortie, longea deux parapets, d'un coup d'œil à la bretèche s'enquit du grossissement de la foule, s'engouffra dans le moule trop petit de l'escalier des gardes et s'en extirpa tout griffé en arrivant à la poterne. En touchant aux grilles, hors d'haleine, il se mit à appeler.

– Mes fidèles, mes fidèles ! Quelle est la cause de cette alarme ? On dirait que les places crachent plus de monde que n'en a jamais compté cette ville. Mais où courent-ils donc, ces insensés, comme des rats fuyant l'incendie ?

Intrigué, il saisit le bras d'une femme au passage.

– Toi, quel diable t'a donc jetée hors du logis ?

– Tout le monde court, messire, alors j'cours aussi.

– Ils ont moins de jugement que des bêtes, crachait Danlabre en avançant à contre-courant de la foule.

Or chaque Sancerrois qu'il prit au col lui fit la même réponse et chaque fois le bailli en fut plus effaré.

« Et Béranger ! Où est-il ? Que n'est-il demeuré aux grilles ainsi que je l'avais ordonné ? Ce flot ne l'aura pas emporté, j'espère ! »

— Allons, à moi, mes gens ! Si le démon a fait son nid dans le clocher de Chavignol, il faut bien que ce soit nous qui l'en délogions !

Ses deux valets dans son pas, Danlabre se mit à descendre les rues étroites de la ville, chahuté par le torrent des curieux, et regretta plus d'une fois que certaines parties de son corps parussent exiger d'arriver au but avant les autres.

À ce train, le bailli et ses auxiliaires passèrent la porte Feuhard et dérivèrent avec mille sots sur les flancs de la colline.

— Soutenez-moi ! Soutenez-moi, mes douceurs ! Si je tombe, je me romps le cou ! Et que deviendriez-vous si vous n'étiez plus protégés que par un bailli rompu ?

Happés pendant qu'ils trimaient aux champs, des villageois gonflaient encore la marée d'hommes à mesure que l'on approchait, suscitant en tête une considérable débandade de lièvres et de perdrix, chassés par centaines des haies et fourrés.

— La pente s'adoucit, murmurait Danlabre à l'agonie.

Mais il le constatait moins qu'il ne cherchait à s'en persuader.

La nuée des Sancerrois fut bientôt contrainte de s'étirer pour suivre un chemin coupant un boqueteau, et l'allure générale en fut ralentie.

— Ah, plutôt la famine et l'abstinence qu'encore une course pareille, mes agneaux ! fit vœu Danlabre en se laissant tomber dans l'herbe. Jarnibreloque ! Si ces coquins m'ont entraîné pour rien dans leur débordement, je jure d'en faire pendre un sur dix ! Que vous en semble-t-il, Thibault, Sylvain ? Vous qui avez des jambes ! N'y voit-on encore rien ? C'est à Chavignol ? Et que peut-il se passer à Chavignol ? Le dernier haut fait que l'on y relate est le tour de reins que se fit il y a dix ans un chevrier parti décrocher d'un arbre une de ses bêtes qui y avait grimpé pour y sucer des nèfles. Il faudra bien que ce soit plus extraordinaire cette fois-ci, rognonna encore Danlabre en se redressant à grand-peine, sinon ce sera la décimation, mes bons, à la romaine ! Et aucune pitié ne me retiendra.

18

PENDANT QUE SANCERRE se vidait de ses habitants, Béranger, des quatre valets du bailli celui qui inspirait la plus grande terreur dans le comté et à qui il importait peu d'apprendre où courait la populace, avait fureté dans les maisons désertées afin d'y dénicher les bas de laine bourrés de deniers qu'un ou l'autre bourgeois cachait sous son matelas. Il avait visé en premier la demeure du plus important drapier de la ville, établi près de la porte Oison. Là, ayant tout retourné, meubles et tapis dissimulant de possibles cachettes, il avait fini par mettre la main sur une trentaine de bonnes pièces. Ayant serré son magot dans sa ceinture, il s'apprêtait à l'augmenter lors d'une visite au logis voisin, quand il entendit un bruit de pas dans l'escalier menant à la chambre où il se tenait. Il avait aussitôt sorti une dague de sa manche et se régalait à l'avance de commettre en plus d'un vol, comble de la félicité, un assassinat. Or l'intrus, comme s'il avait flairé une présence, interrompit son élan et resta embusqué derrière la porte. Ayant aperçu son ombre énorme, Béranger comprit qu'il n'était plus si certain que lui fût chasseur et l'autre gibier. Il recula donc en silence et se tapit derrière l'alcôve dont il venait d'éventrer le paillot. Plusieurs minutes passèrent, silencieuses, chacun des deux fouineurs devinant l'autre à de minuscules frémissements. Dans les rues autour, le silence aussi dominait, et Béranger commençait à le sentir peser sur sa poitrine.

« Et puis quoi ? se fustigea-t-il. On te craint depuis les bords de Loire jusqu'à la montagne Noire et voilà que c'est toi qui trembles comme une fille ! Sors de là, vilain peureux, et cours soulager un autre marchand de sa recette ! »

Sensible à cet appel, n'ayant jamais répondu d'ailleurs à celui d'un autre que lui-même, Béranger empoigna plus fermement son arme et se redressa d'un bond.

— Montre-toi, mauvais fagot d'os ! Si tu n'as pas eu la sagesse de t'enfuir alors que je t'en laissais le loisir, c'est que tu dois être bien fou, fanfaronna le garçon.

Il poussa du bout du pied la porte qui le séparait de l'importun et redoubla de bravades.

— Et cette ville cherche justement à se débarrasser de ses fous !

En même temps qu'il aboyait, il donna une bour-
rade dans la porte, qui fit voler bois et gonds.

— Allez, montre-toi, maraud !

Il s'était à peine élancé qu'il buta rudement sur ce
qu'il prit d'abord pour la rambarde de l'escalier. Il ne
se préoccupa pas de faire aussitôt l'inventaire de ses
blessures ni d'en mesurer la gravité, car son regard
fut attiré par une ombre sur le palier, à sa droite.
Tournant les yeux, il s'étonna.

— Ah, c'est toi ! Tu n'as donc pas pris part à la ruée ?

Ensuite, comme la douleur ne le quittait pas et
qu'il sentait ses jambes l'abandonner, il baissa la
tête pour estimer les conséquences du méchant
coup qu'il s'était porté à lui-même en sautant à
travers l'embrasure. Or ce qu'il vit lui parut bien
moins anodin : la longue pièce de bois rougie que
son assassin retirait lentement de lui. Quand elle fut
complètement ressortie de son corps, Béranger s'af-
fala dans l'escalier et y cabriola jusqu'en bas dans le
tintement d'une pluie de deniers, plus mort que s'il
n'était jamais né.

19

DANS LE MILIEU DE LA MATINÉE, il y eut sur la place de Chavignol un si gros attroupement qu'il déborda dans les ruelles et même dans les maisons. Tandis que les Sancerrois, certains munis de fléaux ou de houes, accouraient par dizaines dans le bourg, les enfants se suspendaient aux balcons ou grimpaient sur les toits, et les hommes, qui avaient laissé hoyaux et fossoirs au râtelier, s'étiraient le col pour apercevoir ce grand prodige dont les femmes frémissaient de peur et de plaisir mêlés : le spectacle du montreur d'ours et de sa bête.

Dès que ces deux-là avaient à l'aurore passé les bornes du village, l'un comme l'autre exténués mais n'en laissant rien paraître, tout ici, gens et choses, en avait été désorienté. D'abord épouvantés par l'apparition, les Chavignolais, et jusqu'à ceux réputés braves, s'étaient éparpillés dans les campagnes comme des poules taquinées par le renard. Fondari n'y avait pas pris attention et s'était assis sur la margelle d'une fontaine pour reconstituer ses forces et nettoyer ses plaies. Couché à ses pieds ou tournant autour de lui en dodelinant de la tête, l'ours rêvait de fruits et de miel mais ne faisait pas trop l'impatient. Ensuite, peu à peu, des marmots avaient pointé leur nez à l'angle des maisons et avaient fini par s'approcher. Tandis que leurs aînés escaladaient la colline pour donner l'alarme à Sancerre, les enfants, se jouant de leur peur, riaient aux facéties de l'ours, applaudissaient de joie en le voyant s'éclabousser d'eau et, quand il se redressait pour appuyer ses grosses pattes griffues sur un mur et en lécher le salpêtre, ils se mettaient à crier et à se serrer les uns contre les autres, mais ils n'auraient pour rien abandonné leur position. Et quand les mères venaient les tirer par la manche en priant tous leurs saints, ils les suivaient mais à contrecœur et s'employaient toujours à revenir. Au bout d'une heure, le flux des curieux avait déjà rempli à demi la place de la fontaine, et il ne se tarissait pas.

Lorsque le bailli arriva, ses deux adjoints écartant durement la foule devant lui, Fondari amusait les paysans en lançant à son ours une balle de pille qu'un enfant avait jetée à ses pieds. L'animal la saisissait au vol et la retournait d'un coup de tête à l'envoyeur, ce qui déclenchait des secousses de plaisir et des vivats chez les spectateurs.

Toutefois, le charme du spectacle n'opérait pas sur Danlabre.

— Au nom de notre seigneur, je te somme d'attacher ta bête et de demeurer sur place sans bouger, commanda-t-il.

Ses paroles causèrent une rumeur d'incompréhension autour de lui, à laquelle le bailli répondit par un ordre de dispersion immédiate. Mais sa voix, indiscutablement plus fluette que lui-même, ne parvint pas à dépasser les premiers rangs et personne ne lui obéit. Cependant, Fondari avait cessé ses jeux d'ours et tenait l'énorme tête de l'animal contre son genou.

— Si tu es un homme de justice, bailli, je n'ai rien à craindre de toi. Je ne chercherai pas à m'échapper. Vois ! Je suis venu de moi-même dans ce village. Si j'étais l'assassin que tu prétends, pourquoi n'aurais-je pas mis la nuit à profit pour fuir ?

— Beau parleur ainsi que bestiaire, je ne sais pas quelle folie t'a poussé à venir ni quelle autre t'a poussé à rester, mais je ne me laisserai pas fléchir par tes fariboles.

Comme il parlait, Danlabre sentit dans son dos l'approche de la troupe du guet. Aussitôt, il disposa douze hommes à vingt pas de l'ours et de son maître, arquebuses bien ajustées dans leur fourquin, et les leur fit mettre en joue. Fondari se posta alors devant sa bête, déclenchant un murmure de stupéfaction chez les villageois.

— Tu voulais que le meurtrier te soit livré avant midi, bailli. Est-il midi ?

Danlabre vérifia par réflexe la position du soleil.

— Puisqu'il m'est livré avant, remarqua-t-il, pourquoi attendrais-je davantage ? Allons, écarte-toi de cette bête, sinon vous serez abattus l'un avec l'autre.

Fondari s'avança, mais en restant interposé entre l'ours et les tireurs.

— Mon ours n'a jamais tué ni faux poètes ni vrais spadassins. Et pour rusé qu'il soit, je ne parierais pas qu'il sache discerner entre vos hommes et tous les autres, afin de faire des premiers ses proies favorites, et de dédaigner les seconds.

Comme la foule semblait prendre le parti de l'étranger, le bailli se mit à grommeler, mais accepta de répondre :

— L'ours n'y voit pas si clair, chacun le sait, mais s'il ne fut pas le meurtrier, il fut son arme.

Malgré l'imminence probable de la salve fatale, Fondari ne se troublait pas et voulut poursuivre la joute.

— Il faudrait que je sois bien sot pour utiliser une arme si malcommode quand un poignard m'aurait garanti le même résultat.

— Les motivations d'un criminel sont obscures par essence, rien de distinct ne pouvant sortir d'un esprit confus.

Beaucoup des spectateurs applaudissaient, et ceux qui n'osaient pas encore avaient des fourmis dans les doigts.

– Vous semble-t-il que j'aie l'esprit si confus que vous prétendez ? Et s'il ne l'est pas, quelles raisons aurai-je eu de massacrer ces deux malheureux, alors que je ne les connaissais pas ? De tout le comté, ne suis-je pas plutôt celui qui en aurait eu le plus petit motif ?

– On peut tuer par simple plaisir, et sans autre raison.

– J'y suis si peu enclin que, pour ma part, je ne pouvais même en former l'hypothèse.

Autour des jouteurs, le cercle des Sancerrois et des Chavignolais, dont le nombre avait encore doublé, se resserra en mailles si fines que les rires et les huées parurent plus nombreux et nourris. Les rires pour Fondari, les huées pour Danlabre.

– Vous n'avez pas la plus petite preuve que je suis cet assassin tuant des inconnus pour mon plaisir, et à l'aide d'un ours dont je me servirais comme d'une arme.

– Voilà qu'un vagabond demande des preuves à un magistrat !

Danlabre poursuivit en s'adressant aux habitants. Il alla jusqu'à les toucher, longeant la muraille humaine dont chaque tour et chaque créneau étaient une tête de paysan ou de commerçant.

– Si vous aviez vu les corps du poète et de mon second, ô vous tous, mes bons amis ! vous n'auriez eu aucun doute que seule une bête féroce pouvait à ce point les avoir meurtris. Ou alors était-ce une créature plus démoniaque encore, sortie d'on ne sait quel enfer ?

Le bailli venait de désigner Fondari d'une main tremblant de colère et d'une voix chavirant sous le poids de sa propre conviction, mais la manœuvre ne remporta pas le succès escompté par son auteur : aucun villageois ne prit au sérieux des invocations de prédicateur enflammé sortant de la bouche d'un gourmand, doublé d'un jouisseur et triplé d'un cynique, comme chacun savait bien que Danlabre l'était.

Fondari reprit la parole après quelques secondes de silence général, dans lequel le magistrat faillit sombrer comme un nageur qui ne parviendrait plus à s'agripper aux rochers trop lisses d'un rivage abrupt.

– Vous est-il apparu que vous acharner sur un homme qui n'est pas coupable, c'est aussi renoncer à mettre la main sur un autre qui l'est ?

– Tu es le seul coupable, montreur d'ours ! Personne d'autre !

Le bailli perdait sa contenance, suant à grosses gouttes et bientôt débraillé. Il tenta l'estocade, bien qu'il soit rare qu'elle profite à qui n'a pas l'avantage dans l'échange.

— Nous t'avons trop écouté. Je te le dis pour la dernière fois : cesse de contrarier la justice. Écarte-toi ou tu seras arquebusé de même que ton ours !

— Contrarier la justice ? Mais c'est en laissant tuer ce pauvre animal que je le ferais.

Alors que les deux hommes se faisaient front sans rien rabattre, le brigadier apparut à une dizaine de perches de là, tenant son justaucorps de drap bleu relevé jusqu'aux basses côtes et courant comme il n'avait jamais fait ni rêvé de faire. Intrigués par ses appels rauques, les villageois tournèrent la tête vers cet auxiliaire au chapeau envolé, à la bandoulière défaite, à l'aiguillette détachée dont le ferret tournoyait, et aux revers et parements déguenillés.

Le bailli allait commander le tir contre l'ours et son montreur quand le brigadier le rejoignit. L'homme resta à deux toises derrière son maître, mais en le priant de lui prêter attention avant de déclencher le feu.

Danlabre tourna à peine la tête en arrière et consentit, sans perdre de vue Fondari ni son ours.

— Que me veut le chef de mes archers ?

Le brigadier s'approcha de l'oreille magistrale et y murmura sans avoir repris haleine que le corps du premier favori et fidèle Béranger avait été retrouvé chez un drapier, tout distordu et vidé de son sang.

— Que dites-vous, mon brigadier ? balbutia le bailli, dont la vue se brouillait.

— Les chiens dévoraient déjà son cadavre quand deux gipponières demeurées en ville l'ont découvert.

À peine remis de sa fatigue d'avoir dévalé la colline et jouté contre Fondari, le bailli en connut alors une autre, de cœur et d'âme, brutale comme une attaque de fauve, qui le laissa hagard pendant de longues minutes. Cette hésitation finit par rompre le silence de la foule. Peu à peu, la cohue reprit, dissipant l'autorité fragile de Danlabre et la constance de son escorte.

— Mes douceurs, mes douceurs, implora-t-il en étendant les bras.

Thibault et Sylvain accoururent pour le soutenir et, comme un air de moquerie commençait à fleurir aux lèvres des contadins ameutés, ils tirèrent leur épée d'une manière qui étouffa *illico* le vent de plaisanterie.

— Je lui ai tenu la main et baisé le front ce matin même, mon brigadier... Je l'avais laissé aux grilles du château, le chéri, mais lui toujours si prompt à me servir s'en est allé faire l'imprudent. Ah, mes douceurs ! Mes gâteaux ! Comme je souffre !

Tandis que le rassemblement de manants commençait à se défaire, on vit arriver le carrosse de Joachim de Bueil. Le jeune homme en descendit et sans un regard pour personne courut à Fondari.

— N'approchez pas si franchement, monseigneur ! L'ours n'a pas tant que moi le respect des gentilshommes.

— Le voilà donc ! admirait Joachim. Tu ne m'avais pas menti, mon ami ! Quelle puissance ! Et ses griffes ! Des couteaux ! Il a l'air tranquille, pourtant.

— Il ne l'est pas toujours. Ce matin, il m'a débarrassé courageusement d'une bande de loups qui comptait faire de moi son déjeuner.

— Magnifique ! Ah, que n'y étais-je ! Complexion chancelante, membres débiles... Je suis mon propre ennemi, tu sais. Personne ne me nuit autant que moi-même. Comme j'aurais aimé le voir se dresser ainsi que tu m'as dit, et montrer ses crocs longs comme des poignards !

— Vous le verrez, monseigneur. Mais il faudra d'abord que je m'extirpe du piège que le bailli m'a tendu.

Joachim se tourna vers le magistrat qui se remettait mal de sa défaillance.

— Que veut-il encore, ce méchant homme ? Eh bien, bailli ! Toujours à chercher querelle à mes amis ?

— Il ne s'agit pas de dispute entre particuliers, monseigneur, mais d'affaires de police, grogna Danlabre en s'avançant appuyé sur ses assesseurs. Notre bonne ville était paisible avant l'arrivée de cet étranger et de son monstrueux compagnon, et voilà qu'elle est aujourd'hui soumise au carnage et à la désolation. Encore à l'instant, on m'apprend la mort affreuse d'un des miens, retrouvé étripé dans la maison d'un drapier chez qui, poursuivi par cette bête, le cher cœur avait sans doute voulu trouver refuge !

– Mon ours n'a pas quitté la forêt que vous appelez l'Orme aux loups, monsieur le bailli, tenta de plaider Fondari. J'en jurerai car j'étais avec lui.

– Ah oui ! Et qui t'y aura vu ?

– Trois corneilles et une dizaine de loups dont trois ne pourront plus témoigner.

– Tu te moques, malandrin ?

Fondari regimba :

– C'est que je suis las d'être traqué par vous et vos gens ! Cette nuit, dans la forêt, j'ai cru que j'allais mourir. Mourir loin de sa terre est sans doute le lot du voyageur, mais l'idée de devoir ma fin à une injustice m'a été plus cruelle que la mort elle-même. Voilà pourquoi je suis revenu, afin que la vérité soit connue et reconnue de vous et de tous. Mais vous ne voulez pas l'entendre. Alors, puisque malgré mes protestations vous avez décidé de me faire tutoyer la potence, je crois que, même si je m'autorise quelque espièglerie, je ne pourrais plus aggraver mon cas.

– Mais c'est qu'il n'est pas question de potence, mon ami, voulut rassurer Joachim. Montre-moi plutôt de quelles prouesses est capable ton compagnon.

– Monseigneur, corrigea Danlabre, le comte votre père m'a confié sa justice et c'est en son nom et en son nom seul que je la rends.

– Mon père ne permettra pas qu'on condamne un innocent dans sa ville. D'ailleurs, condamner un homme à mort est un cas royal et ceci ne te revient pas.

— La bête va être trucidée par mes arquebusiers et ce coquin sera pendu, voilà ce que je décide.

— Cela ne sera pas.

— Si fait.

— Vous avez la preuve que votre valet n'a pu être tué par Fondari ni par son ours, et vous les condamneriez malgré tout ?

— Où est la preuve dont vous parlez ?

Joachim répugnait à tenir une discussion avec une personne pour qui il n'avait pas d'estime. Il en dévia donc le cours.

— Faites chercher mon père en sa citadelle, bailli. Je demande qu'il rende lui-même justice.

Danlabre avait calculé que sa position entraînerait celle que Joachim venait de prendre, et il s'en réjouit secrètement. Il fit signe aux hommes du guet d'abaisser leurs arquebuses et en délégua deux pour aller prendre sa maringote, car il ne supportait pas l'idée de regagner Sancerre à pied, ni celle qu'un autre que lui-même présente à Bueil le litige entre son fils et son bailli.

— Si l'un de ces deux-là venait à décamper, il faudrait aussitôt les abattre, ordonna-t-il au brigadier.

Puis il fit au milieu des derniers badauds quelques pas en direction de Sancerre. En cet instant, sa tristesse se vit davantage que sa colère. Ses laquais voulurent l'accompagner. Gentiment, il les renvoya.

20

SITÔT PARVENU À LA VILLE, Danlabre demanda à voir le cadavre de Béranger. Son désir avait été satisfait d'avance par le brigadier : le corps du garçon, tant bien que mal regroupé dans un drap tendu, avait d'abord été déposé au sol dans la salle du conseil des échevins, puis, sur l'ordre de l'officier, emporté dans la maison du bailli, où l'on jugea plus digne de l'étendre sur une table.

– Ah, te voilà, mon élégant ! Il faut bien que ce soit une bête qui t'ait réduit à cet état où même moi je ne te reconnais plus.

Après un moment de profond abattement, Danlabre, qui n'oubliait jamais longtemps sa mission, entreprit d'examiner le corps en lambeaux. Il ouvrit le tiroir d'un petit secrétaire et en sortit des lunettes, dont il arrima les lanières à ses oreilles. Il entreprit ensuite une observation minutieuse du cadavre. Un détail l'avait déjà intrigué lorsqu'il avait inventorié les restes de Pastou et de Rémi ; il voulait vérifier s'il figurait aussi au nombre des dommages subis par son giton.

– Voyons, mon beau. Que voici des déchirements de dos et de fesses, des taillades de ventre et de bras, et des meurtrissures de jambes, de tête et de cou. Une bête assurément t'aura tourmenté de la sorte.

Après avoir tourné et retourné en tous sens mais avec précaution le corps équarri, le bailli rajusta ses lunettes en soupirant.

– Mais ce que je vois ici, il faudrait que la bête qui te l'aurait causé fût aussi spécialiste que moi de l'anatomie des garçons. Sans doute d'ailleurs en va-t-il de même chez les filles, mais je laisse à d'autres le soin de le démontrer.

Marmonnant pour lui-même, en partie pour se cacher son propre trouble, Danlabre désencombra de pailles et graviers un trou à l'aplomb du nombril de Béranger, différent de tous les autres qui parsemaient la dépouille. Celui-là n'était point en long ou en large, mais, semblait-il, en profondeur. Le bailli chercha dans son secrétaire une règle à section carrée dont il usait d'habitude pour mesurer ses rubans, puis, gagné par un sentiment intense de dégoût mêlé de curiosité, il enfonça lentement la règle dans l'orifice. Elle y progressa facilement d'un pouce, puis sans plus de résistance de trois, et finalement de dix, selon une oblique montante, assez franche, qui la conduisit à buter en bout de course sur l'une ou l'autre vertèbre d'entre les omoplates.

Voir la neige en été n'aurait pas causé à Danlabre une plus grande surprise.

— Ah, peste ! Béranger, mon doux souvenir, *il mio putto*, j'ai le regret de t'apprendre, mais assurément tu le savais, que tu as été assassiné. Et que tu l'as été, sans doute cela l'ignorais-tu, par un scélérat qui a voulu me berner en me faisant croire qu'un animal, et non lui-même, t'avait écorché ainsi, mais non sans t'avoir passé d'abord dague ou corsèque par le corps.

Danlabre tomba de tout son poids sur ses genoux potelés, la goutte au front, les yeux écarquillés. « Le curé avait donc raison », dut-il admettre.

Puis, ayant baisé la joue pâle de Béranger, il se glissa hors de sa grande demeure déserte.

Le voyant passer, craintif, le pas incertain, toujours à regarder en arrière ou de côté comme s'il avait pressenti sa mort imminente, les rares habitants de Sancerre restés au logis se disaient entre eux que c'en était fini de la superbe, de la cruauté et de l'insolence du bailli. Finis, ribotes et mignons, se réjouissaient-ils encore presque à haute voix, huguenots et catholiques unis dans cette circonstance.

— Annonce-moi ! demanda-t-il au guichetier.

— Et à qui vous annoncerais-je, messire ? Notre seigneur vient de quitter la place accompagné du chef de la garnison.

— Où sont-ils ? pressa Danlabre.

— Désespérant de vous voir revenir, à ce que j'ai cru entendre, monsieur le comte a décidé d'aller constater lui-même ce qui avait vidé la ville de ses habitants.

— Mais dans son état, bonhomme, c'est courir à sa perte que d'aller à cheval par ces lacis de cavées à trous et bosses !

— Tu me seconderas, l'ai-je entendu dire à son piquier Lacramont, comme au temps de la guerre. Tu seras mon rempart !

Danlabre se demanda un instant quelle voie choisir, faisant un départ à gauche puis à droite et inversement. Finalement, ayant donné le vertige au guichetier, il traversa de nouveau la ville, se hissa dans son carrosse, à la place du postillon qui devait en ce moment se faire rincer le gaviot chez Baudin, et reprit la route de Chavignol. Or, à l'angle d'un raidillon impraticable autrement qu'à pied, mais où il avait quand même voulu, trop pressé, engager ses roues, son phaéton ripa dans une ornière. Ballotté contre la portière, qui s'ouvrit sans peine, le bailli fut alors jeté dans l'herbe et dévala sur son cul trois bonnes coudées de pente sancerroise dont lui et son habit furent meurtris. Peu lui importa, il n'avait plus de patience pour souffrir. Voyant que sa roue faisait des angles, il ne se lamenta pas mais se reconstitua une attitude, et reprit à pied son chemin vers la vallée.

21

EN ATTENDANT LE RETOUR du bailli, Fondari, qui refusait encore l'idée qu'il pût être condamné bien qu'innocent, demeurait assis sur le bord de la fontaine et refaisait le bandage sommaire de son mollet accroché la nuit dernière par les loups. Joachim était debout près de lui mais ne disait mot, tout à sa contemplation de l'ours, qui dévorait une belle pièce de viande prélevée par le jeune comte sur le troupeau d'un métayer. De tous ceux qui avaient fait fête à cet hôte insolite quelques heures plus tôt ne restaient plus que quelques désœuvrés et une dizaine de marmots, à qui les hommes du guet interdisaient de s'en approcher.

Le comte de Bueil parut quand le soleil fut à l'aplomb du bourg. Il grimaçait de douleur, mais gardait une posture droite sur son cheval. À sa vue, l'attroupement de la matinée se reforma.

— Mon père, salua gaiement Joachim en se portant à sa rencontre.

— On me dit que vous protégez un meurtrier, monsieur.

— L'homme qui est là n'a tué ni voulu tuer personne, père.

— Assez ! tonna le comte, à la grande stupéfaction des villageois. Vous nuisez à mon homme de robe, vous complotez avec les catholiques, vous fréquentez même chez Jacquelin, ce papelard, et vous conspirez enfin à ma perte !

— Je n'ai rien entrepris contre vous, mon père. J'aurais préféré mourir que l'avoir fait.

— Silence ! Je vais commander qu'on abatte cet animal et que celui qui nous l'a amené soit pendu dans l'heure.

— Vous ne pouvez pas, protesta bravement Joachim. Les crimes qui ont eu lieu sur vos domaines ne sont pas l'œuvre de cet homme, qui est mon ami, ni de son ours. Voyez comme ils sont paisibles.

— Vous me défiez ? Cet animal est un démon. Mon piquier a été le seul à pouvoir l'atteindre, enragé et écumant comme il était. Et si, une fois blessé, il n'avait pas fui, je l'aurais achevé d'un bon coup d'estoc que je lui réservais, enjoliva Bueil en faisant mine de pourfendre l'ours avec son épée.

Comme s'il avait compris le mal qu'on lui voulait, le fauve se dressa alors sur ses postérieures et ouvrit en mugissant sa gueule démesurée. Saisis de frayeur, gens du guet et populace reculèrent de plusieurs pas tandis que les chevaux du comte et de son piquier hennissaient d'épouvante en se cabrant, les yeux révulsés.

— Armez ! commanda Lacramont.

Fondari implorait Joachim du regard mais il sut vite, à sa mine, que le jeune homme estimait à regret avoir fait tout son possible pour éviter le pire, et que désormais il renonçait à s'opposer à son père. Le montreur d'ours se posta, comme il avait fait plus tôt, entre les soldats et son animal. Remarquant que son rugissement avait quelque chose de plaintif en plus de rageur, il se tourna vers lui et vit qu'une de ses blessures, celle à l'épaule, s'était rouverte et saignait abondamment. Sans se soucier de la menace des arquebuses, Fondari tendit la main vers le blessé.

— Cette entaille-là, tu ne la dois pas aux loups, mon ami.

Ce fut alors, en nage et manquant d'air, qu'arriva Danlabre. Il parcourut les dernières coudées en s'appuyant sur Sylvain et Thibault, restés jusque-là à l'écart.

— La justice que tu rends en mon nom, voilà que je l'ai rendue moi-même, bailli, railla Bueil en regardant avec répugnance le magistrat s'échouer sur le poitrail de sa monture.

— La justice... monseigneur... est affaire délicate... Il ne faudrait pas que... votre nom très aimé... soit

souillé par un acte qui ne relèverait qu'apparemment d'elle.

— Que me dis-tu là ? Entre ce matin et ce midi, ton
avis aura donc tourné !

— Oui, monseigneur, avoua Danlabre en cher-
chant encore son souffle.

— Complot catholique ! Bête meurtrière ! Rien de
tout cela n'a-t-il plus cours, selon toi ?

— Pas ici, monseigneur. Pas en ce moment.

— Eh quoi ?

— Ainsi que je le soupçonnais depuis le début,
commença Danlabre à voix plus basse, ni le rimeur
Pastou, ni Rémi Mahé, ni Béranger, à moi si bons, ne
furent assassinés par une bête.

— Que me chantes-tu là ? De ton propre aveu,
leurs cadavres étaient dans une condition que Dieu
n'a jamais permis à aucun homme d'en réduire un
autre. Et c'est moi qui le dis, qui ai vu tant de tripes
répandues et de têtes dévissées.

— Un homme, monseigneur, aura pourtant
commis ces ignominies.

— L'étranger ?

— Non.

— Qui ?

— S'il faut que je le dise, alors je le proclamerai !
gronda Danlabre.

Il s'écarta, souffle retrouvé, tandis que Joachim,
ayant saisi Fondari par le bras, s'approchait avec lui
du magistrat.

— Cette pointe de lance vous est-elle connue, monseigneur ? intima-t-il en la sortant de sa ceinture.

— Lame bien frappée, estima Bueil en connais-
seur, faite pour une hampe d'une section d'un pouce.
Nul guisarmier n'en est doté dans mon fief, sauf mon
piquier Lacramont, qui les fait forger au château et
pour son seul usage.

— Je l'ai prise moi-même l'autre jour près de
son fourneau, et c'est avec elle qu'il y a moins d'une
heure je viens de mesurer une blessure mortelle au
ventre de mon valet, monseigneur : elle y entra aussi
exactement qu'en son fourreau. J'accuse donc le
chef de votre garnison de s'être rendu coupable de ce
crime et aussi des deux précédents, et d'avoir ensuite
monstrueusement estropié ses victimes afin qu'on
les crût malmenées par un fauve.

Le piquier frémit à ses paroles et fronça son œil.

— Jamais mon compagnon de toujours n'aurait
commis pareil forfait, s'indigna le comte. Un autre lui
aura dérobé ses armes. Allons ! Parle, Lacramont !
Défends-toi de cette vilenie !

— Fausseté et calomnie sont habituelles dans
la bouche de ce débauché, monseigneur. Voué
au stupre ! Cupide et jaloux ! Voilà ce qu'il est.
Comment ce qu'il dit pourrait donc avoir le moindre
poids ?

Bueil baissa un instant la tête comme pour chercher ses mots dans la profondeur de sa conscience.
Son hésitation ne dura pas.

– Je crois mon piquier, bailli, car rien n'est plus sûr dans ce pays que sa parole. Et toi, qui tentes de salir un brave pour masquer tes propres faiblesses, je te chasse ! Ingrat ! Traître ! Vendu à Bourges !

Les villageois assistaient à l'échange et s'en étonnaient davantage encore que d'avoir vu un ours sous les cieux berrichons. Pris de crainte, ils agrandissaient leur cercle autour des grands personnages et gardaient silence.

– Monseigneur !

– Qui parle ?

– Moi, monseigneur, confirma Fondari en s'avançant.

Bueil parut moins que les autres surpris de cette audace.

– Je t'offre charitablement de dire ton mot avant de mourir, étranger.

– Je vous ai entendu rapporter que votre piquier avait été le seul à pouvoir approcher mon ours.

– Il faut être ce grand courageux, ce héros qui tailla en pièces plus de catholiques que ne fit toute ma garnison aux jours funestes, il faut être Lacramont, oui, pour oser se dresser face à ce dragon.

Encore une fois, comme lisant la haine dans les yeux du comte, le fauve se redressa et, dépassant même les hommes les plus grands de plus de deux pieds, produisit un mugissement dont toute la vallée résonna. Fondari s'approcha de lui et aussitôt il s'apaisa.

– Voyez, monseigneur. Cette plaie qui saigne encore à son épaule.

– C'est le coup que mon bon Lacramont lui porta. Plût à Dieu qu'il lui fût fatal !

Fondari revint alors près de son ours.

– Il le lui sera, monseigneur, si je ne finis pas par retirer des chairs ceci qui n'a rien de bon à y faire et que j'ai aperçu juste avant votre venue, dit-il en fouillant délicatement l'animal.

– Qu'est-ce que c'est ? demanda Danlabre, qui revenait à la vie après son humiliation publique.

– C'est une pointe de lance, monsieur le bailli, identique à celle dont vous avez trouvé trace dans le corps de votre valet.

– Mon bon Lacramont, jubila Danlabre, vous les semez comme graines aux champs, vos angons !

Fondari sourit en entendant le grognement de douleur de sa bête au moment où il en extirpait le morceau de fer. Il lui caressa le front et se fit abondamment lécher la main en contrepartie, puis il s'approcha de nouveau du comte, toujours à cheval et dominant son monde.

– Si votre piquier, comme vous l'en avez glorifié, est le seul à avoir pu blesser mon ours, alors voici la preuve que vous cherchiez, dit-il en tendant la pièce dégouttant de sang.

– Même lance, même homme, renchérit Danlabre en couvant Lacramont d'un regard fielleux.

Le guerrier restait immobile, l'œil fixé sur le lointain.

— Parle, mon fidèle, ordonna Bueil.

Lacramont demeura muet, répugnant à s'exprimer devant ses ennemis.

— Parle donc ! insista le comte.

— J'ai agi pour le maintien de votre grandeur, monseigneur, consentit-il enfin à admettre. Il fallait bien qu'on vous débarrasse de ceux que vous croyiez vos alliés, mais qui causent un tel scandale chaque jour dans le pays que peu à peu votre prestige en est abîmé.

Le comte blêmit, ses douleurs le submergeaient de nouveau.

— Tu avoues ces crimes ?

Acculé, le chef de la garnison de Sancerre et premier piquier parla d'une voix forte :

— Le vrai crime aurait été que nos compagnons, que mes enfants, ma femme et la vôtre vénérée, monseigneur, fussent morts il y a douze ans pour la seule gloire d'un misérable qui s'affaire aujourd'hui à vous déshonorer en transformant notre cité en lupanar, qui laisse rudoyer bourgeois et gueux pour le seul plaisir de ses minaudiers et rend votre justice en obéissant non à sa conscience mais à sa fantaisie.

— Tu auras donc vraiment tué ces malheureux, Lacramont ? s'efforça Bueil, dont la vie chancelait.

— Je l'ai fait et je l'aurais fait jusqu'au bout si l'on ne m'avait découvert, en terminant par ce pénible joufflu qui vous sert de bailli. Car vous étiez en train de laisser à votre chère descendance, monseigneur, un pays tourmenté par celui-là même que vous aviez chargé d'y maintenir l'ordre, et dont les flagorneries et le faux dévouement vous ont aveuglé. Cela, qu'un berger saigne son propre troupeau, je ne l'ai pas voulu.

– Toi ! Lacramont ! Tu ne l'as pas voulu ! S'il faut que nous entrions dans des temps où les serviteurs veulent et où les maîtres obéissent, alors je crois bien qu'il faut que je songe à bientôt m'en retirer.

Chacun qui écoutait et voyait ce drame se tenait rencoquillé sur soi, souffle coupé, plus honteux qu'accusé et juge, comme s'ils avaient assisté à la révélation d'un secret que, par décret du Ciel, ils n'auraient jamais dû connaître.

– Dieu te garde, Lacramont. Moi, je ne le puis plus, soupira Bueil, qui n'avait plus de forces.

22

JOACHIM AVAIT INSISTÉ pour parler à son père dès son lever. Le comte le reçut couché, ses longs cheveux blancs comme des toiles d'araignées quadrillant ses épaules, et le teint gâché par la fièvre.

— Père, j'ai forcé votre porte afin de vous demander votre clémence, annonça le jeune homme en rompant d'un coup toutes les digues de la bienséance.

— Ma clémence ? L'étranger et sa bête ne sont-ils pas libres ?

— Si, père. Après le spectacle qu'ils donneront pour vous ce soir au château, ils reprendront leur route à travers le royaume.

— C'est bien ainsi.

— Mais ce n'est pas pour eux que je réclame votre indulgence.

— Et pour qui alors ? Le bailli n'a-t-il pas sur mon ordre été rétabli dans ses titres ?

— Certes, mon père. Et je souhaite qu'il mette son épreuve à profit pour amender son caractère et aussi ses manières de gouvernement, mais ce n'est pas non plus pour lui que j'intercède.

Le comte se retenait avec peine à ses draps pour rester assis quand tout son corps ne voulait que se recoucher.

— Eh bien, pour qui ? grinça-t-il.

— C'est de votre piquier, Lacramont, que je suis venu vous demander la grâce, monseigneur. Lui qui fut depuis si longtemps votre soutien fidèle et qui pas un seul jour ne vous aura manqué.

— Pas un seul jour ? voulut en vain tonner le comte. Et quel nom donnes-tu aux fourberies criminelles qui l'ont déshonoré ?

— Ses fautes sont immenses, père, mais il faudrait que l'affection ancienne et méritée que vous lui portez vous convainque néanmoins d'adoucir un peu son châtiment.

Le regard de Bueil se perdit au loin.

— Quand tu seras à ma place, mon fils, et que tu seras le maître de ce pays, il te souviendra parfois de cette sombre histoire, articula-t-il faiblement. Lacramont a trouvé lui-même la conclusion qu'elle devait avoir. Entends comme il s'est montré clairvoyant et sage malgré ses récentes turpitudes. Ah, mon fils ! Je le vois comme si j'avais été près de lui à ce moment-là, juché tout en haut du donjon ainsi qu'il aimait le faire, à bénir nos terres du regard et interroger gravement le ciel. Que savait-il mériter pour son geste haïssable ?

— La mort.

— Oui. Mais il se doutait bien que son jeune et généreux protecteur oserait venir me demander sa grâce, et que si celui-là ne l'avait pas fait j'aurais sans doute, moi, son vieux compagnon, décidé d'atténuer sa peine en souvenir de notre glorieux passé. Mais quoi ? Je l'aurais exilé ? Que pouvais-je faire de mieux ? Mais aussi, je l'ai compris ce matin, que pouvais-je faire de pire ? Tu le vois, notre fidèle, traîner indéfiniment sa honte et son chagrin en terre étrangère, éloigné pour toujours du tombeau de sa famille, sans titre, sans citadelle à protéger, errant, mendiant sa vie ? Est-ce que tu comprends, mon fils ?

— Je crois, hélas.

— Après souper, du fond de sa geôle, il m'a fait demander une faveur : une fois encore voir Sancerre depuis le faîte du donjon. Je ne le lui ai pas refusé ; je savais la raison qui l'y poussait. À l'aube, nos hommes ont retrouvé son corps au pied des chênes dont la cime frôle nos remparts.

— Il s'est donné la mort, murmura Joachim, hagard.

— Oui, mon fils, et depuis je prie sans cesse afin que Dieu l'accueille en son sein malgré ses crimes, trois contre nos sujets et le dernier contre lui-même. Que penses-tu que notre ratichon dirait d'un tel cas ? Il y aurait bien là de quoi alimenter les disputations infinies dont se délectent les catholiques. Pour moi, j'ai décidé de faire enterrer Lacramont dans le cimetière de Saint-Romble, auprès des siens.

— Merci, dit Joachim en s'inclinant, autant par respect que pour cacher qu'il était gagné par les sanglots. Permettez que je me retire.

Le jeune homme sentit la main de son père passer dans ses cheveux.

— Tu le trouves moins fier, le vieux comte, hein ! Quand il ne porte pas sa cote, que son badelaire est au fourreau et que son cheval a disparu d'entre ses jambes, il n'est plus qu'un vieillard fatigué de vivre et qui n'a plus de joies depuis qu'il a perdu son Isabelle.

— Père...

— Ou plutôt si. Une joie me reste, et qui est la plus belle : celle d'avoir un si juste, droit et courageux homme que toi pour fils.

Joachim se débonda alors en serrant les mains du comte dans les siennes et des larmes couvrirent son visage, si nombreuses et inattendues qu'il pensa d'abord que c'était à une fuite dans le toit qu'il devait ce déferlement.

— Pardonneras-tu à un vieil homme ? chevrota Bueil.

— Père...

— Ne te dispense pas pour autant de grimper un peu à cheval et de t'exercer à l'épée, dit encore le comte avec une sévérité feinte grâce à laquelle il retrouva sa contenance. Et maintenant, laisse-moi reposer.

23

LA NUIT QUI SUIVIT le dénouement de cette étrange pelote, Fondari la passa à l'étage de la cure, bercé par les ronflements provenant de la chambre de Marthe, mitoyenne de la sienne. Marquant à leur façon le retour à la régularité et à l'harmonie en Sancerrois, les modulations de la bonne femme ne le dérangèrent pas. Entre chaque assoupissement, plusieurs fois il se leva pour aller regarder au carreau. En contrebas, l'ours était sagement endormi dans le petit enclos attenant à la cure, pelotonné contre le mur au revers de la cheminée bien nourrie en bûches à la fin de la veillée.

Au matin, Fondari se leva tôt pour se rendre à l'audience que le comte, qui serait assisté de son fils, avait tenu à lui accorder. Or, à l'angle de la place de la halle et de la rue des boucheries, il croisa la route de Sylvain et de Thibault, les deux valets de

Danlabre survivants. Chacun botté de daim et son pourpoint blanc à broderies rouges recouvert d'un manteau de lynx, les élégants l'accostèrent avec une déférence inattendue, mais où la menace ne tarda pas à pointer.

– Nous ne sommes pas friands des courses à l'aurore en plein hiver, montreur d'ours, lança le premier en contournant Fondari.

Resté face à lui, le second confirma :

– Si tu nous vois ici à cette heure, c'est que nous t'y attendions.

Puis les deux se lancèrent dans une scène de comédie, dont Fondari fut le spectateur involontaire.

– Nous savions que tu étais attendu au château.

– Mais voilà que tu es aussi attendu chez le bailli.

– La première audience est un honneur.

– La seconde, une nécessité.

– Nous y suivras-tu ?

– C'est à deux pas, comme tu sais.

Fondari jeta un œil au donjon afin de montrer qu'il se devait d'abord au maître, et seulement ensuite à son capitaine.

– N'aie crainte de déplaire au seigneur du lieu, montreur d'ours.

– Nous l'avons fait avertir du petit retard que tu aurais.

– C'est marche après marche qu'on gravit un escalier.

— Si tu voulais sauter d'emblée sur la plus haute, tu pourrais te briser le cou.

Fondari haussa les épaules en ouvrant largement les mains en signe de consentement, puis suivit à regret les deux chatoyants freluquets.

Cette fois, le bailli ne fit pas attendre son hôte. Il le reçut assis derrière un guéridon, lui proposa une chaise identique à la sienne, et poussa l'amabilité jusqu'à l'inviter à goûter une boisson qu'il dit idéale pour consoler les hommes contraints d'affronter les frimas.

— C'est du chocolat. As-tu déjà entendu le mot ?

— Non, monsieur.

— Et savouré la chose ?

— Non plus.

— C'est un délice, je n'en offre donc pas à tous mes visiteurs.

Fondari inclina poliment la tête, ce qui agrandit le sourire déjà franc du bailli.

— Une ambassade espagnole fit une halte à Sancerre au début de cette année, sur le chemin de Paris. Pour nous remercier de notre accueil, le légat du roi Philippe nous offrit ce breuvage, tout en se gardant de nous dévoiler le secret de sa formule. Je te recommande d'y ajouter un peu de miel pour en diminuer l'amertume.

Fondari remercia avec les yeux.

— Comme tu vois, mon ami, des éminences catholiques font désormais halte dans ce qui était il y a peu une citadelle réformée. Et moi, le bras armé d'un seigneur huguenot, j'accepte les présents d'un diplomate espagnol. N'est-ce pas admirable ? C'est que nous sommes las de nos querelles et des crimes qu'elles ont engendrés. Moi qui te parle, si je m'emporte parfois contre un papiste et le promets au fouet, crois bien que le lendemain c'est un parpaillot que je vouerai au cachot, car peu m'importe qu'on soit l'un ou l'autre. À mes yeux, toutes les religions ne sont d'ailleurs que fables et superstitions, sauf une, qui est la seule que je confesse : l'ordre public. J'en suis le ministre dévoué. Les moyens par lesquels j'officie sont à ma discrétion, doux aux personnes honnêtes et durs aux coquins.

Fondari ne put empêcher qu'une onde de perplexité courût sur son visage. Danlabre, qui avait l'œil le plus aigu du Berry, ne manqua pas de l'apercevoir.

— Eh oui, c'est bien l'homme qui a failli te faire arquebuser qui te fait cet aveu !

Le bailli se servit du chocolat, puis remplit la tasse de Fondari en l'invitant d'un regard gourmand à en goûter.

Puis son visage devint en clin d'œil aussi austère qu'il semblait enjoué auparavant.

— Je ne te dois aucune explication, poursuivit-il sans aucune hargne malgré l'âpreté de ses paroles.

Tu es un voyageur qui vit d'aumônes ; s'il était arrivé que tu fusses tué, ici ou ailleurs, personne n'en aurait demandé de comptes même à un brigand. Alors, à un bailli, on ne le conçoit pas du tout.

Fondari hocha la tête pour montrer qu'il ne s'était jamais fait d'illusions sur ce point, non plus d'ailleurs que sur beaucoup d'autres.

— Pourquoi te fais-je ce rappel cruel ? Parce que mon goût pour les beaux assemblages, qu'ils soient de costumes, de paroles ou d'idées, me pousse à ne pas te laisser t'envoler sans t'avoir dit quelque vérité. Veux-tu l'entendre ?

Fondari, la lèvre supérieure colorée jusqu'aux narines par le chocolat, fit signe que oui.

— Voici. Depuis le jour où les hommes du guet t'ont mené à moi, enchaîné et dégouttant sur mes tapis, je savais que tu étais innocent du crime dont on t'accusait en ville. Je vois que tu t'étonnes, et peut-être même que tu me trouves bien fat de m'attribuer des lumières si précoces. Essaie pourtant d'admettre que je ne te mens pas.

— Mes voyages m'ont au moins appris que ce qui paraît ceci est plus souvent cela, et que si l'on doit douter de ce qui semble faux, on doit autant douter de ce qui semble vrai.

— Donc un jour, peut-être, tu pourras me croire.

— Je le peux dès maintenant.

— Alors tente, je te prie, de m'expliquer pourquoi.

Fondari demanda une deuxième ration de chocolat pour se donner le temps de réfléchir à la façon d'éviter le piège où ses raisonnements l'avaient conduit. Or il fallut bien répondre.

— Vous aviez compris qu'un étranger qui n'avait dans cette contrée ni ami ni ennemi ne pouvait pas s'en être pris à une enfant perdue, ni plus tard à un poète, ni ensuite à vos valets.

— Ce n'est pas la première raison. Elle est trop savante. C'est une raison de philosophe ou de montreur d'ours, mais non de bailli. La raison première, indubitable, est qu'un voyageur qui ne vit que des danses de son ours sur les places ne peut avoir détruit lui-même la charrette où il transporte son animal et se condamner ainsi soi-même à la ruine, et bientôt à la mort de froid et de faim. Voyons alors les autres hypothèses. Tu avais parcouru tant de pays avec cet équipage, ton ours se tenant bien tranquille dans le tombereau, et voilà qu'il se serait mis à soudain briser lui-même sa cage ! Erreur, de nouveau, car tu n'es pas homme à avoir enfermé une bête aussi cruelle dans un réduit impropre à la contenir en toutes circonstances. Donc, comme ce n'était ni toi ni lui-même qui aviez délivré le fauve, il fallait bien que ce fût quelqu'un d'autre.

— Et vous le saviez depuis le premier jour ?

— Eh oui ! Je passe pour un homme plutôt fin, auquel les conclusions viennent assez vite quand les raisonnements sont bien menés. Mais alors, pour-quoi ai-je semblé m'acharner contre toi ?

– C'est justement ce que j'avais à demander, monsieur, si vous m'y autorisez.

– C'est parce que je me moque bien, pour te le dire sans détour, que ta condamnation ait été juste ou non. Ce que je cherche avant tout, je te l'ai dit, c'est à maintenir l'ordre, auquel cette ville se conforme depuis douze ans, alors qu'elle avait été longtemps une sorte de poudrière à mèche courte. Un montreur d'ours devait mourir, même innocent ? Eh bien, j'y consentais, si le peuple de Sancerre et son sei-gneur y trouvaient un motif d'apaisement. Tu me comprends ?

– Un peu...

– Oui, tu me comprends, mais tu ne m'approuves pas. Demeure un instant encore, tu vas maintenant me comprendre et aussi m'approuver. Quand on m'apporta le corps de Gilles Pastou, lamentable poète mais bon informateur, j'ai su que ni loups ni ours n'avaient pris part à sa mort, parce que je ne pouvais concevoir qu'un animal pût faire même d'un imbé-cile une pareille charpie. En revanche, qu'un homme ait voulu faire passer son crime pour une attaque de fauve, et dissimuler sous des lacérations soi-disant causées par une bête la blessure mortelle qu'il avait lui-même infligée à sa victime, voilà qui me parais-sait hélas possible. C'est pourquoi je me suis mis à rechercher cette blessure particulière, non pas longue ou large, mais étroite d'entrée et profonde de couloir. Or je ne l'ai point trouvée, perdue parmi tant d'autres, bien que j'aie su qu'elle y était. Et de même, plus tard, bien que je susse que la blessure jumelle se dissimulait sur le cadavre du doux Rémi, elle m'échappa de même. Ce ne fut que sur le ventre de mon malheureux et aimé Béranger qu'enfin elle m'apparut. Et je me trouvais alors bien contradictoirement heureux de l'y avoir trouvée, alors que j'étais si malheureux à la même heure que ce fût sur le corps de ce garçon chéri. L'assassin avait agi en plein jour et avait pris moins de temps, de peur d'être surpris, pour maquiller un assassinat en carnage d'ours. Une autre question se posa alors à moi, à laquelle je ne pouvais directement trouver de réponse.

— Laquelle ?

— Un assassin de cette sorte ne se cachait sous la calotte d'aucun bourgeois de la ville, qui peuvent être féroces mais n'ont pas tant d'imagination, ni non plus sous le bonnet de personne issu du petit peuple, qui peut être bestial mais qui ne conçoit pas ses crimes comme un orfèvre ses joyaux. Était-elle alors l'œuvre d'un homme d'armes, cette série macabre ? Et lequel ? L'un de mes guetteurs ? Tu les connais assez. Imagines-tu que mon brigadier ou l'un des siens aient pu commettre cette folie, fruit d'un tel calcul ? Non, bien sûr.

La perplexité de Fondari augmentait à vue d'œil, ce qui encouragea le bailli à faire sa conclusion.

— Il ne restait donc que trois hypothèses d'hommes assez retors et rusés, et qui aussi détestaient mes façons au point de vouloir ma chute et même ma mort. Le comte lui-même : il ne m'aime pas plus que la clef de voûte n'aime ses claveaux, mais les deux se savent nécessaires les uns aux autres ; son fils Joachim : je le tiens pour un gentil garçon bien qu'il me haïsse, mais je sais quel ferment de dissolution rapide de ce comté il serait s'il venait à prendre la succession de son père ; et enfin Lacramont, le chef de la garnison, nostalgique des grandes heures, brave mais ignorant tout de l'art de gouverner, et que ma seule vue insupportait. Les deux premiers ne pouvaient pas ourdir de telles trames meurtrières : le comte est exempt de bassesse, comme hélas d'intelligence tactique ; son fils se serait tordu le bras avant de détruire ne serait-ce qu'au quart le chariot de l'ours, et se serait fait démembrer par mes chers valets assassinés avant qu'il ait pu faire seulement mine de lever sa main chétive sur eux. Le coupable était donc le piquier, de toute nécessité, mais il fallait encore que je le prouve.

— Et si vous n'en aviez pas eu la preuve, que serait-il advenu ?

— Tu veux dire « advenu de toi » ?

Fondari l'admit d'un geste de menton.

— Et veux-tu parler de la preuve formelle que tu as extraite toi-même de l'épaule de ton ours ? Eh bien, on t'aurait exécuté, tout comme lui, et l'ordre serait revenu. Si les crimes avaient continué après ta mort et celle de l'ours, une autre enquête aurait commencé, que j'aurai rapidement menée à bien, car j'aurais su qui et quoi chercher. J'en aurais appelé au gouverneur du Berry, au roi lui-même, j'aurais fait déterrer les cadavres, et j'aurais finalement trouvé cette preuve qui accusait Lacramont. Mais puisque je tenais cette preuve, grâce à toi, je ne l'oublie pas, je pouvais à la fois t'épargner, à la grande joie des villageois – et pourquoi les en priver ? – et abattre ce héros au front triste appelé Lacramont, étrangement égaré dans un temps trop léger pour abriter une âme si grave.

Le bailli redevint souriant et battit des jambes, un peu trop courtes pour que ses pieds touchent le sol.

— Ai-je dit vrai, montreur d'ours ?

— Je le crois bien, monsieur.

— Et n'en doutes-tu pas ?

Fondari se leva et se couvrit de son chapeau en s'inclinant.

— Je doute moins en sortant de chez vous à tierce qu'en y entrant à prime.

— Alors, nous serions amis. Mais c'est impossible, je crois. Tu reprends ta route, m'a-t-on dit. C'est mieux, tout ainsi sera bien en ordre.

Le bailli raccompagna Fondari jusqu'à la porte de la grande salle, où Sylvain et Thibault attendaient nonchalamment assis. Il le leur confia sans un mot, et les deux valets le reconduisirent jusqu'en bas de l'escalier en imitant des gesticulations et des grognements d'ours.

Épilogue

L E LENDEMAIN de sa représentation au château, Fondari se leva de bonne heure. Le comte lui avait offert un cheval de trait tout neuf et un tombereau à deux brancards, double essieux, traverse pivotante, long timon central et bonnes roues bandées de fer : l'ours sembla le trouver à sa convenance. Comme il y entrait et qu'aussitôt il se mit à son occupation favorite (dormir enroulé sur la paille), son maître aperçut le bailli, d'humeur visiblement joyeuse, passer à quelques pas de lui en direction de la cure. Fondari y était venu au point du jour faire ses adieux au curé Jacquelin et à sa bonne Marthe, mais il aurait bien retardé son départ s'il avait fallu défendre ses amis contre un nouvel assaut perfide de Danlabre. Il suivit donc le magistrat à dix pas, prêt à l'empoignade. Or le bailli salua le curé de manière respectueuse, et ce dernier, comme s'il avait attendu sa visite, lui rendit aimablement son bonjour, appuyé sur la grille de son courtil, et ne rechigna pas à entamer avec lui une conversation qui parut cordiale. Souriant au spectacle détonnant du magistrat, dont les manches et le col du balandran laissaient échapper des panaches multicolores, et du prêtre vêtu d'un rigoureux mantelet, Fondari retourna à ses préparatifs.

Quand le dixième coup retentit au clocher de Saint-Jean, il ébranla son attelage et quitta la ville. Des marmots ameutés sur le chemin lui firent des signes de gentillesse et leurs parents, cette fois, ne cherchèrent pas à les en empêcher.

Au moment où Fondari atteignait le sommet de Verdigny, il se retourna une dernière fois vers Sancerre, aux coteaux givrés miroitant au soleil, puis descendit vers son prochain séjour, la cour du roi Henri, qui, disait-on, gardait de son enfance des envies d'ours que ni les fredaines parisiennes ni la charge de gouverner l'État n'avaient pu effacer.

FIN

Note de l'auteur

Les personnages et situations ci-dessus n'ont qu'un rapport fantaisiste avec l'histoire (par exemple, les comtes de Sancerre n'habitaient pas la ville mais Paris, aucun d'entre eux ne s'appela Fulbert ou Joachim, et surtout aucun jamais ne fut du parti ou de la confession réformés). C'est pourquoi, bien que l'histoire, elle, n'ait qu'un rapport adultérin avec la vérité, et que la vérité elle-même n'ait qu'un rapport intermittent avec le plaisir, nous proposons à quiconque voudrait en connaître davantage sur Sancerre au XVIe siècle de compléter la lecture de ce roman par celle des ouvrages de référence suivants :

Didier Boisson, *Les protestants de l'ancien colloque du Berry de la révocation de l'Édit de Nantes à la fin de l'Ancien régime (1679-1789) ou l'inégale résistance des minorités religieuses*, Paris, Honoré Champion, 2000.

Jacques Faugeras, *Sancerre, deux mille ans d'histoire*, éditions du Terroir, 1998.

Jehan Froissart, *Chroniques* (Livre Troisième, Chapitre XVI, « Comment plusieurs capitaines anglois et autres gens de Compagnies furent déconfits devant la ville de Sancerre »), Live de Poche, Essai, 2001.

Buhot de Kersers, *Histoire et statistique monumentale du département du Cher/Bourges*, Imprimeur Tardy-Pigelet, 1875/1898.

Lalanne, *Dictionnaire historique de la France*, vol. 1, Slatkin Reprint, 1977.

Abraham Malfuson, *1573, Sancerre, L'Enfer au nom de Dieu*, 1826, nouvelle édition présentée par Frank Lestringant et René Vérard, Regain de lecture, 2008.

Henri Née, *Le Protestantisme à Sancerre, sa place dans l'histoire de France*, éditions de la Barbaudière, 2006.

Nicolas de Nicolay, *Description générale des païs et duché de Berry et diocèse de Bourges*, Hachette Livre BNF, 2014.

Gaspard Thaumas de La Thaumassière, *Histoire du Berry*, Laffitte, 1976.

Dans la même collection

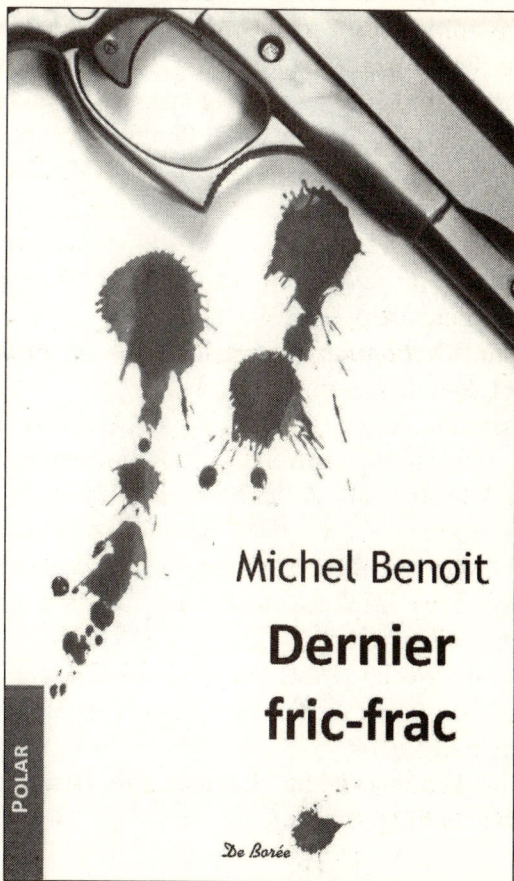

Michel Benoit

**Dernier
fric-frac**

POLAR

De Borée

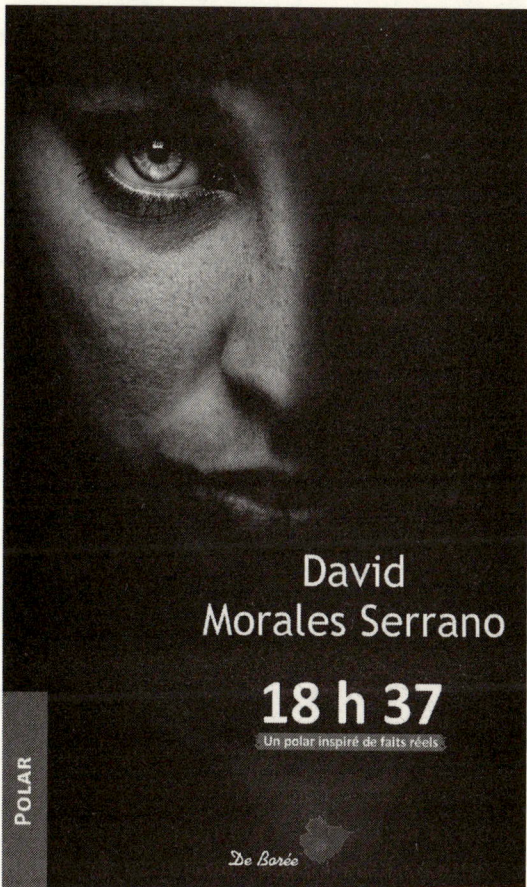

David
Morales Serrano

18 h 37

Un polar inspiré de faits réels

POLAR

De Borée

Directeur des ouvrages : Christophe Matho
Éditrice : Hélène Tellier

Imprimé en U.E
Dépôt légal : juillet 2017
ISBN : 978-2-8129-2096-7
livres@centrefrance.com